DuDong MingPian XueHui YiLun

读懂名篇 学会议论

◎ 李稚田 著

内蒙古人民出版社

图书在版编目（CIP）数据

读懂名篇·学会议论 / 李稚田著. –呼和浩特：
内蒙古人民出版社，2017.4（2019.6 重印）

ISBN 978-7-204-14691-8

Ⅰ. ①读… Ⅱ. ①李… Ⅲ. ①中国文学-古典文学-
文学欣赏 Ⅳ. ①I206.2

中国版本图书馆 CIP 数据核字（2017）第 076332 号

读懂名篇·学会议论

作　　者	李稚田	
责任编辑	李月琪　李　鑫	
责任监印	王丽燕	
封面设计	安立新	
出版发行	内蒙古人民出版社	
地　　址	呼和浩特市新城区中山东路 8 号波士名人国际 B 座 5 楼	
印　　刷	内蒙古恩科赛美好印刷有限公司印刷	
开　　本	710mm×1000mm　1/16	
印　　张	11.5	
字　　数	150 千	
版　　次	2017 年 4 月第 1 版	
印　　次	2019 年 6 月第 3 次印刷	
印　　数	4001-7000 册	
书　　号	ISBN 978-7-204-14691-8	
定　　价	23.00 元	

如发现印装质量问题，请与我社联系。联系电话：(0471)3946120　3946173
网址:http://www.impph.com

目　录

说议论 …………………………………………………………… 1

一　解读《谏逐客书》 ……………………………… （秦）李斯　1

二　解读《答韦中立论师道书》 ………………… （唐）柳宗元　9

三　解读《谏迎佛骨表》 …………………………… （唐）韩愈　18

四　解读《外人皆称夫子好辩章》 ………………… （先秦）孟子　29

五　解读《邹忌讽齐王纳谏》 …………………… （汉）刘向编订　36

六　解读《季氏将伐颛臾》 ………………………… （先秦）孔子　44

七　解读《虞师晋师灭夏阳》 ……………………… （先秦）谷梁赤　51

八　解读《对于左翼作家联盟的意见》 …………… （现代）鲁迅　60

九　解读《今》 ……………………………………… （现代）李大钊　73

十　解读《论贵粟疏》 ……………………………… （汉）晁错　84

十一　解读《齐桓晋文之事章》 …………………… （先秦）孟子　93

十二　解读《子产论政》五篇 …………………… （先秦）左丘明　104

十三　解读《范增论》 ……………………………… （宋）苏轼　127

十四　解读《留侯论》 ……………………………… （宋）苏轼　136

十五　解读《贾谊论》 ……………………………… （宋）苏轼　146

十六　解读《晁错论》 ……………………………… （宋）苏轼　155

我为何写《读懂名篇》 ………………………………………… 165

说 议 论

议论是人类自打有了比较的本领之后而迅速成长起来的能力，因为人要通过议论表明自己的态度，或是自己的倾向性。有了态度，有了倾向性，便会拿定主意，采取行动——当然，如果不采取行动呢，那也是一种态度，一种行动。人得学会议论，因为人是群居的社会性动物——他没有尖齿，没有利爪，没有锐目，没有健足，而他又想得到饱食，得到美衣，获取亲情，实现梦想，就得群居，就得通过表明态度或是倾向性结成家庭、民族、团体以及社会。当然也可以反过来理解：因为这些原因，所以需要拥有议论能力，或是形成强大的议论本领。

议论是需要学的，怎么学？

学习议论，需要若干门学科的共同努力，在青少年时代，学习议论自然是语文课程的重要任务。但语文课中，不可能系统地、全面地讲授"议论学"（如若未来真可以建立这样一门学科），只能也必须把有关学习议论最基本的、最必需的知识讲授出来，并指导学生在练习中反复提升。但现在的语文教学现状，离这个要求相差是甚远的。也正是因为其远，所以教师和学生都等于是在黑暗中摸索，只有几盏可怜的"小灯"（即议论文的"三要素"说，和一些不知来自何处的"开门见山"说、"卒章显志"说等等）在给师生一些可怜的指导。语文怎样教"议论"，当是一个必须解决的重大问题。

我在求学的时候，导师指明要求我们阅读一本书：苏联民族学家 C.A.托卡列夫的《外国民族学史》（有中国社会科学出版社 1983 年汤正方译本），其独到的见解让人受益颇深。其中有一点是作者在《前言》中提出的"掌握科学的三种途径"，对我们的语文教学很有指导性。其三种途径分别是：

1.具体的归纳途径：从某些个别的实际观察出发，逐步扩充和综合这些事实,直到形成科学的基本范畴,提出科学的一般问题。

2.系统的演绎途径:从这门科学的一般原理开始,从确定这门科学在其他科学中的地位及其基本概念开始,使之更为具体化,以充实日益丰富的实际材料,逐步接近于最完全地掌握这个存在领域的全部知识。

3.历史编纂学的途径:尽力一步一步地考察科学本身是怎样逐渐形成的,这个领域的实际知识自古以来是怎样产生的,一般观念是怎样确立和相互交替的。

第三种途径一般应用于专门学科的知识的学习,中小学生接触较少,而第一种途径恰恰是语文学科的基本形态。课文一篇一篇看似都互不相干,但每篇课文的教学都是"个别的实际观察";一篇篇课文读下来,则应该是"逐步扩充与综合",那么能否引导学生"形成科学的基本范畴",并"提出科学的一般问题"?

这里即是教师应该充分发挥作用的地方,而当前的问题则是教师很少或根本没能注意到它,同时也被教材"个别的实际观察"这一表象特点阻住,丢失了"逐步扩充和综合"的环节。于是,不但教师心中没有"科学的基本范畴",学生学到的更是散乱无章的、碎片化的"知识",这样的知识最终也必将随着时间的流逝而灰飞烟灭,成为"全都还给老师"的幻象。

这个问题并不仅仅是"议论"教学,我后面要撰写的《说抒情》《说叙述》都是如此,而且整个语文教学的改革也要以这个问题为思考的出发点,否则依然是头疼医头、脚疼医脚,语文教学仍然会处在支离破碎、无科学体系的窘态之中。

为把问题的研究引向更深入,我们还需要再引进一个观点。这个观点是我在2015年讨论过的"学习力"问题。

学习力,即学习能力。过去也有人谈论它,但大多是笼统概之,因此我把它做了分解,提出以下观点:

在教学过程中,学习力的提升有四个阶梯,每个阶梯各分两个环节,共四个阶梯八个环节。四个阶梯是一个递升的过程,每个阶梯的两个环节中,前一个是基础环节,后一个则是扩展环节。综合起来,我给它起了一个通俗的说法叫"四梁八柱",方便记忆。

它们分别是:

第一阶梯:学习的开端,称为"理解力"。环节 1 是认知了解,环节 2 是洞察理解。一言概括是"学"。

第二阶梯:学习的积累,称为"记忆力"。环节 3 是刚性记忆,环节 4 是技巧记忆。一言概括是"习"。

第三阶梯:学习的转换,称为"整合力"。环节 5 是系统整合,环节 6 是创新整合。一言概括是"能"。

第四阶梯:学习的展示,称为"表达力"。环节 7 是口头表述,环节 8 是书面表达。一言概括是"力"。

将学习能力分解之后,我们可以发现,环节 2、环节 5、环节 6、环节 8,是语文教学的薄弱环节。

环节 2 是洞察理解的能力。人类使用语言(语言学理论称为"言语"),当然有现于表象的直接意义,但更多的时候则是"话里有话",即"言外之意";若不能洞察它的言外之意,学生所获取的信息就是不完整的,甚至可能被作者蒙蔽,得到的信息是虚假的。洞察的核心是作者的思路——他的真实意图是什么? 他究竟想告诉我们什么? 这个能力学生不能天然获得,需要教师分析、引导,在经过多次实践后让学生具备这个能力。

环节 4 是技巧记忆。记忆,是在大脑中完成知识的储备,形成大脑中的"材料库"、"工具库"。封建时代私塾中的语文教学,强调的是刚性记忆、机械记忆,用成语形容它就叫做"死记硬背"。基本的东西必须记住,但是不是一定要机械记忆? 当然不是,技巧记忆可以提高记忆的效率,这个方法也不是天生的,需要教师传授。

环节 5 是整合能力,即构建一个系统,能够完成对所交付任务的解决。比如地理课上教师要求学生回答怎样完成从某地到某地的行程安排,这就需要学生把学过的关于城市、公路铁路或航运的知识整合起来。这种问题的解决都是有标准答案的,学生只需把相关知识从脑海中调出来,组合成一个系统即可完成任务。它看似简单,但也需要在教师指导下反复训练,形成一种规律化的思维方式。

环节6是创新整合。这个环节也是要求完成对所交付任务的解决，但在语文课则要求更高了，特别需要学生去进行探索与创新。究其原因，语文学习的目的以及核查方式就是第四个阶梯——表达，不论口头与书面，"惟陈言之务去"和"语不惊人死不休"这两个规则是必须正视的，否则表达就会背上一个沉重的十字架："抄袭"。那么，什么是创新以及如何创新，也是教师必须讲授给学生的功夫。

环节7与8自不必言了，作为语文能力标志的它们，教学的目标完全落在它们身上。自然，我们不必让学生个个都成韩愈、柳宗元，但学习的客观现实却在于：语文在学习能力的培养中占的地位越来越重要，它是知行合一的学科，是在思维的千变万化中要找出规律的学科，是需要长期积累却又必须提高教学效率的学科，更是基础之基础的学科。

以上这些话，是对整个学习而言的，更是对语文教学而言的。《说议论》作为我系列论文的第一篇，必须集中笔墨把它讲清楚，后续的文章也都建立在这个基础上，但不再赘言，需提请读者的特别注意。

到这里，我才能开始正式集中笔力，单项地说说议论文，以及我所编写的《读懂名篇·说议论》。

议论是一种表达方式，以议论为主要表达方式的文章，便称议论文。这是关于议论文的第一个知识点。

但仅知道这一点是很不够的，我们必须追问一句：写议论文，是对谁发议论？议论的对象不同，议论的目标便会不同，议论的表达方式也会不同，这在传播中被称为"语境"。

议论有哪些语境呢？概括来说，有四种：

第一种，是对客观现象作出评价，表达评价的方式是判断。

单一的判断还很难说是议论。判断有两个功能，一个是对客观情况的认知肯（否）定，如"今天（不）是星期一""明天（没）有客人来"等，这个判断只能是对客观状态的叙述；另一个是表明对事实或现象的态度，如"我（不）

赞同这个方案""他的观点是（不）正确的"等,这个判断则是议论者的观点表达。

单一的判断即观点表达,不是议论,因为它没有分析,没有论证;但若是连续不断的判断,且构成一种不断向前推进即递进的态势,便是议论了。这一语境的典型范例是西汉时晁错的《论贵粟疏》,此外,又如本书未能收入的《劝学》(荀况)、《逍遥游》(庄周)等。

连续不断的判断之所以能构成议论,是因为议论者在得出第一个判断后,他会把这个判断作为产生新判断的起点(即论据),然后推出第二个判断成为一个论点。然后再次循环,新论点又是论据,再得出又一个新的判断。这样反复进行下去,便构成一次议论。

判断式议论难度较大,因为它连续不断地判断,作为论点的新判断又兼任下一个判断的论据,议论过程反而渐渐地被隐藏起来,议论的合理性稍有不慎便会导致议论崩盘。对于学生而言,判断式议论不是学习重点。

第二种,是对客观存在的"敌论"进行辩驳,以便说服对方,表达方式是辩驳。

辩驳式议论文几乎等于"面对面"地和对方交手:对方持一种观点,你不能同意,便需要运用议论驳倒对方,使对方对你自己的观点不仅口服,更要心服。如我们在电视上看到的辩论会,在电影里看到的法庭戏,都是口头上的辩驳;把这个过程写成文章,就是辩驳式的议论文。

古往今来,我认为最成功的辩驳式议论文,便是战国时代秦国丞相李斯的《谏逐客书》。李斯在秦王听信身边宗室大臣而下令驱逐客卿的时候,因为事关自己的利益,又不能和秦王见面,便以一篇《谏逐客书》说服秦王收回成命,其效果"秦王遂罢逐客"。最终该议论文被载入《史记》。所以写作辩驳式议论文,心中一定要有一个前提:我的文章一定要说服我的读者。所以我常常开玩笑地讲:"语文考试时你要写一篇辩驳式议论文,你必须想到'我这篇文章得把判卷子的考官说服!不说服他他怎能给我高分?'"我们现在许多作者没有这个意念,那么写出文章的效果自然可想而知了。

需要注意,辩驳式文章写得好也不一定就能把对方说服,唐代文章泰斗韩愈的《谏迎佛骨表》则是一例。这篇文章的笔锋与《谏逐客书》相似，说服力也是很强的，但韩愈愚忠过度，不小心触到了唐宪宗的逆鳞，而且一篇迅雷不及掩耳的文章哪能马上改变宪宗的佞佛心理？可以猜想宪宗即使心服了也未必能表现出口也服来，当即下令绑了韩愈推出宫门斩首。亏得满朝文武下跪求情，最终还落了个"夕贬潮阳路八千"的结果。所以辩驳式论文也不是好写的，有许多文章因为外在的因素而影响它的效果。但辩驳式论文是议论的最基本也是最重要的形态，学习议论必须练好这个基本功。

第三种，是对客观存在的"现象"进行分析，从而树立自己的观点，表达方式是论说。

论说式议论表面上针对一种现象，其实针对的是社会对这一现象的看法。这个"看法"有下述几种情形：

还没有人关注过，即"没有看法"，那么我的论说式议论就等于开辟了一个新天地，我的观点属于"首发"，接下来就要做好迎接"质疑"的辩驳式挑战。

虽然已被社会普遍关注，但是众说纷纭，没有定论，我的论说式议论就要举起观点的大旗，成为舆论的领袖，接下来也要做好迎接"质疑"的辩驳式挑战。

已被社会广泛关注，而且倾向性相当明显，我的论说式议论也许同意这一倾向，但认为它有不足，需要调整或修正；也许不同意这一倾向，便针对持这一倾向的主要观点进行辩驳。这后一种有点辩驳式议论的味道，但和"论敌"没有"面对面"，只是就事说事而已。

论说式议论没有"面对面"的功能，所以多少有些"自说自话"的味道。

论说式议论是议论的重要形态，它要求议论者必须严格遵循议论规律，格式也相当严谨，通常表述为"导论—本论—结论"三大层次，通称为"学术论文"。

一些话域比较小，因而篇幅也比较短的论说式议论，在遵守议论规则方面则显得宽松些，并借用叙述、抒情、类比等带有文学色彩的表现方法作为议论手段，便产生一种新的文体"杂文"，相对而言，杂文的写作是比较难的，我们将会专题讨论。

第四种，也是对客观存在的"现象"进行分析，但不重在树立自己的观点，而是对其进行评价，称为评述性议论。

进行评价，当然要有标准作为依据，依据在哪里？应该是已成为定论或社会公理的客观规范，议论者像体育比赛中的裁判那样使用规范进行裁量。衡量的结果无外乎四种：1.很好；2.比较好，但有不足；3.比较差，但也有可取之处；4.很差，一无是处。评述性议论只需论证为什么得出这个结果，不需论证规范是否正确。

搞清楚这四种议论，目的在于建立议论内部的文体观念。文体不同，议论的方向、目标以及着力点都不相同。建立起文体观，便知道自己应该说什么写什么，应该怎样说怎样写。这是我们"说议论"要强调的第一个问题。

第二个知识点，是学习议论，要建立一个"分论点"的概念。

讲议论，似乎还没有见到讲分论点的，只说论点、论据、论证的这议论文的三个要素。这三个要素是不错，但实际处理起来常常遇到麻烦。

麻烦之一是，议论中提出论点后，要使用论据予以证明。若论据是"客观、真实的事实材料"，于是开始罗列大量的事实材料（假定议论者有），最后总结一句话是"综上所述，所以我们证明了××××这个道理"，论证就鸣金收兵了。殊不知这种论证，即使这些事实都是真实的，也仍然属于归纳证明，可靠性是不足的。

麻烦之二则出现得更多一些，所议论的论域，议论者不熟悉，他不掌握相关的大量事实材料，就会苦于"找不到论据"，论证就无法推演，议论过程便无法完成。许多学习者感慨议论文难写，原因大多在此。

学习议论，论据是不能这样简单讲的，假如论据是真实的、可靠的材料，但要把它用进议论，那它一定是在某一个问题上能证明议论论点某一个方面的正确性，而这种正确性需要议论者把它揭示出来，所以并非把事实材料一摆出来就能解决问题，我们在前文谈到环节2的"洞察能力"就是说的这个问题。对论据要分析，要提出内涵，这就形成了议论者自己的观点，这个观点与论点密切相关,是证明它正确的理由。

如此看来,打通论据与论点还需要一个环节,如图:

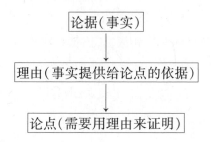

从论证的角度来说,证明论点成立需要理由,有了理由才能找来论据;从表达的角度来说,论证是将论点切分成分论点,各个分论点都被证明成立,中心论点自然成立;从思维的角度来说,在对论域分析的基础上,确立论点,然后将论点切分出几个分论点,然后安排论据对分论点予以证明。

我们在分析中特别突出了这个问题,并画出了思维框架图,帮助学习者把握议论者的思维过程,这个过程熟悉了,学习者必然受益匪浅。

为此,我想再立出一个观点,帮学生厘清知识,即:

议论的三要素:论点、论据、论证,属于形式逻辑的范畴。

议论文的三要素:观点、理由(又叫分论点)、可以证明理由正确的论据,属于文体写作的范畴。

这个观点的难点是,如何把观点,即中心论点分切出若干个分论点来。语文教师在教学时要有意识对学生进行训练。

训练的方法并不难,就是从自己已有的条件出发,确定如何通过推理实现对目标的证明,而这点在数学课程中是对学生有训练的,特别是平面几何证明题的学习。语文老师不妨在这里跨跨界,举些几何证明题帮助学生分析证明过程的若干个节点(其实就是使用定理),分析这些节点怎样构成完整的证明过程,以锻炼学生对证明的思维能力。另一种办法便是分析议论名篇,看它们是怎样设置分论点的。

第三个知识点:议论的写作有否可能创新?

答案是肯定的。

创新点表现在哪里呢?

其一,社会在不断发展变化,新问题的出现永远层出不穷,但人类的思想是不会枯竭的,新问题就需要有新的解决,所以,论点与主题是会不断创新的。

其二,随着生活的推进,新的事实、事件作为人类吸取经验或教训的源泉也永不枯竭,因而从中提炼出来的哲理也会日新月异,所以论据与理由也是不断创新的。

其三,一个时代有一个时代的语言,新的话语也会不断涌现,所以语言的创新当然也不会让人担忧。

其四,议论的表达方式,或说议论的结构,这就需要教师去帮助学习者从一轮发展的历史长河中去发现并总结。我们在前文谈过语文学习的"归纳"性特点——课本收纳了各种优秀文章,其实就是为学习者提供了样本与模板,那么我们就要充分发挥这样本与模板的作用。这种创新必须通过有心人来进行,也必须通过有心人来启发后来者,再通过有心人传承下去。我常常举孟子的《外人皆称夫子好辩章》、庄子的《逍遥游》、韩愈的《进学解》、柳宗元的《答韦中立论师道书》、李大钊的《今》等文来示范议论大师们是怎样创新的。此外,在《议论集》中,我们还特别设置了两个单元,一个是"子产单元"——5篇议论文都选自《左传》且都是讲子产的议论事迹,但它们的议论方式各不相同,甚至有破坏馆垣的行为论证;另一个是"苏轼单元"——选了4篇苏轼论辩历史人物的史论文章,也是希望大家从相似论题中看出差异,以分析苏轼立论、辩驳、论说多样化的特点及能力。

总之,问题又回到本文开头关于学习力的讨论上来:从理解开始,先认知后洞察,积累得多了,也就能在表达中体现出来了。

最后,说说《读懂名篇·说议论》。

因为语文学习走的是"归纳"的途径,是在阅读了他人的议论作品之后总结归纳出规律,并为自己所用,所以,提高学习效率的关键就在于把这个规律迅速找出来,弄明白作者是怎样整合求解的,他又有了哪些创新,然后就可以用之于自己的议论了。现行的语文教材按理说入选的都是名家的名篇,但当前它并不稳定,选目变来变去,不如索性直接找那些千年来已被公认的议论名篇,直接去归纳它会对读者更有启发,于是就有了从历史名篇入手,帮助读者朋友不要再走弯路的想法。便有了基本从《古文观止》中选出来的十多篇议论作品,再加上自己格外喜爱的几篇,形成二十篇为一组的格局,进行了归纳式的研读,写成议论集,纳入"读懂名篇"系列,先飨读者。今后待再搜集满 20 篇,便可以出第二本议论集,希图对"议论学"的构建做一点先头部队的摸索工作吧。

本书的研读完全是一种新的角度,新的尝试,错误当在繁多之列,也望以此引起读者关注,一起来建设议论学,岂不快哉!

2016 年 8 月 29 日于北京师范大学寓所

2017 年 3 月 23 日改定

一　解读《谏逐客书》

学习要点

1.理解议论文的功能,以及写作议论文的目的。

2.认识议论文的范式结构。

3.在为证明所提出的三条理由里,认知归纳推理、类比推理与演绎推理,了解各自的长与短。

4.表述中心论点时的智慧。

知识准备

一、议论文:

以议论为主要表现手法的文章。议论文可分为立论和驳论两种,立论是树立一个正确的观点,驳论则是通过反驳一个错误的观点从而树立正确的观点。

议论文需要具备三个要素:1.论点,即文章要确立的正确观点;2.论据,用以证明自己要表述的论点正确的依据,通常是客观事实和已被世人认可的道理,后者常常以格言、警句和名人话语的形式出现;3.论证,也叫论证方法。立论文章中有三种论证方法:归纳法、演绎法、类比法。驳论文章中也有三种方法:驳斥敌论论点、驳斥

李斯像

— 1 —

敌论论据、驳斥敌论论证。

二、李斯(？—前 208 年)，楚国上蔡(今河南上蔡)人，战国末期著名政治家，曾是吕不韦的门客，后为秦王嬴政的辅臣，一直做到丞相。本文发生背景是：战国七雄争霸时，各国之间人员往来很多。一国人到另一国家担任官职的，都被称为"客卿"。其时水利专家郑国在秦国主持修水利，因工程太大，使得国库空虚，引起了秦国宗室和大臣的不满，向嬴政泼污水说客卿来秦国都没有安好心，是来搞破坏的，嬴政听信了这些话，下令驱逐客卿。李斯也在其列，不仅被罢官，而且要被驱逐赶出秦国。在这万分紧急的时候，李斯写下这篇议论文，说服了秦王，废止了"逐客令"。这篇文章被司马迁收入《史记·李斯列传》得以传世，标题也为后人所加。

原 文

谏逐客书

(秦) 李斯

①秦宗室大臣皆言秦王曰："诸侯人来事秦者，大抵为其主游间于秦耳。请一切逐客。"李斯议亦在逐中。斯乃上书曰：

②"臣闻吏议逐客，窃以为过矣。

③"昔穆公求士，西取由余于戎，东得百里奚于宛，迎蹇叔于宋，求丕豹、公孙支于晋。此五子者，不产于秦，而穆公用之，并国二十，遂霸西戎。孝公用商鞅之法，移风易俗，民以殷盛，国以富强，百姓乐用，诸侯亲服，获楚、魏之师，举地千里，至今治强。惠王用张仪之计，拔三川之地，西并巴、蜀，北收上郡，南取汉中，包九夷，制鄢、郢，东据成皋之险，割膏腴之壤，遂散六国之众，使之西面事秦，功施到今。昭王得范雎，废穰侯，逐华阳，强公室，杜私门，蚕食诸侯，使秦成帝业。此四君者，皆以客之功。由此观之，客何负于秦哉？向使四君却客而不内，疏士而不用，是使国无富利之实，而秦无强大之名也。

④"今陛下致昆山之玉，有随、和之宝，垂明月之珠，服太阿之剑，乘纤离

之马，建翠凤之旗，树灵鼍之鼓。此数宝者，秦不生一焉，而陛下说之，何也？必秦国之所生然后可，则是夜光之璧，不饰朝廷；犀、象之器，不为玩好；郑、卫之女，不充后宫；而骏良駃騠，不实外厩；江南金锡不为用，西蜀丹青不为采。所以饰后宫、充下陈、娱心意、说耳目者，必出于秦然后可，则是宛珠之簪、傅玑之珥、阿缟之衣、锦绣之饰，不进于前；而随俗雅化、佳冶窈窕赵女，不立于侧也。夫击瓮叩缶，弹筝搏髀，而歌呼呜呜，快耳目者，真秦之声也。郑、卫、桑间，《昭虞》《武象》者，异国之乐也。今弃击瓮叩缶而就郑、卫，退弹筝而取《昭虞》，若是者何也？快意当前，适观而已矣。今取人则不然，不问可否，不论曲直，非秦者去，为客者逐。然则是所重者，在乎色乐珠玉；而所轻者，在乎人民也。此非所以跨海内、制诸侯之术也。

⑤"臣闻地广者粟多，国大者人众，兵强则士勇。是以太山不让土壤，故能成其大；河海不择细流，故能就其深；王者不却众庶，故能明其德。是以地无四方，民无异国，四时充美，鬼神降福，此五帝、三王之所以无敌也。今乃弃黔首以资敌国，却宾客以业诸侯，使天下之士，退而不敢西向，裹足不入秦，此所谓藉寇兵而赍盗粮者也。

⑥"夫物不产于秦，可宝者多；士不产于秦，而愿忠者众。今逐客以资敌国，损民以益仇，内自虚而外树怨于诸侯，求国无危，不可得也。"

⑦秦王乃除逐客之令，复李斯官。

解　读

古往今来，议论文多得是，但我最推崇李斯《谏逐客书》这一篇，为什么？因为它把议论文的功能发挥到了极致。什么功能？就是说服对方的功能：或者是证明自己的观点绝对正确，让对方佩服得五体投地；或者是证明对方的观点绝对错误，让对方对自己的观点心服口服。我曾对学生半开玩笑地说：现在的高考考试，基本上都是考议论文。你在写这篇议论文的时候，有没有想过要说服谁？其实很清楚，就是得把判卷的考官说服了——考分攥在他手里哪，你得说服他非得给你高分不可，不给你高分他会寝食不安、内疾不已。但有多少考生想过这个道理？只想着自己把一篇议论文凑合完成，有头有尾，有议论文的三要素，再把语言写得漂亮点，就算完成任务，但这样就完全脱离了议论文的功能要求，自己都没明白"说服"的功能，能写出优秀的议论文吗？我自己写文章，论文比较多，我总在想：自己写的这篇文章必须让读者同意你的观点，才有可能谈到佩服你。这点姑且不论，也至少得先让审你稿子的编辑赞同你吧？不然连发表都做不到，他就先把你的稿子"枪毙"了，稿子白写了，白忙活一场，是不是？

先在这里伏下一笔：毫无疑问，议论文的功能是说服，那么另外两大类文体呢？记叙文的功能是感染，是用你记叙的事件或人物使读者感动；而说明文的功能正如其名，要把所说的事或物说明白了，现在好多说明文连专业人士都看不懂或看着费力，其他人只好就甘认不懂了事。

古代帝王，个个专制得很，少数几个偶尔能听进臣下意见的都被赞为"贤君"。秦王嬴政刚刚下了驱逐客卿的命令，最大的当事人李斯就找来了，要他收回成命，这得需要多大的胆量？但国王是不怕吓的，明事理的你得跟他讲道理。可以想想李斯这时有多难：前一天还是官居丞相，一人之下万人之上，后一天便被褫夺为民，什么待遇都没有了，如果只是削职为民还好办，但他能够平平安安带着自己多年做官积累的家产回老家去吗？回去在秦国境内的路上，会不会遇到劫盗甚或前来寻仇杀人的冤头债主呢？想来想去，李斯大约只有这么一条路了：写封报告劝劝国君吧，哪怕有万分之一的希望呢。当时没有笔和纸，要么拿竹棍沾漆，要么拿刀刻竹简，李斯一边构思一边书写，还要一边求老天开眼保佑。司马迁的《史记》最后说"秦王乃除逐客之令，复李斯官"，这不是把秦王说服了是什么？一篇议论文的力量多大啊！所以我常常套用辛弃疾的一句话"生子当如孙仲谋"，说"写议论文当如李斯"啊。他能做到，我们也可以力争做到。

于是，我们就要好好学学李斯是怎样进行议论的了。为了讲述方便，我把原文的段落做了一个标记，按必要的自然段逐段做上标记。

第一段，即①，是议论事由的介绍：因为什么事引出这样一番议论，宗室大臣要求"一切逐客"，李斯也在被逐之列，所以他上了这封书。

第二段，即②，很短的一句话，却是全篇最重要的一句话，因为它是李斯的观点"窃以为过矣"，这是李斯的论点，态度十分明朗。

第三段到第五段，即③④⑤。这三段的作用是什么呢？是为文章的论点提供论据，对论点予以证明。这三段证明如果都能成立，文章的论点也就证明成功了。那么这三段是如何证明的呢？

课堂上讲议论文，只说论点、论据、论证三要素是不够的。那很容易造成一种误解：提出论点之后，列出一系列事实论据或是格言警局的论据，就可以把论点证明了。事实表明，很多人学写议论文就出现这样的局面，这样的证明是很不靠谱的。

在"论点—论据"的中间，我们必须加入一个"理由"的概念，必须认识到，能证明论点的，不是论据，而是理由；而且许多实践证明，论点通常仅靠论据是无法给予直接证明的。写议论文一定要建立一个"论点—理由—论据"的关系系列。

第③段靠末尾的一句话是证明论点的第一个理由："由此观之，客何负于秦哉！"——客卿并没有对不起秦国。而其前列举的穆公、孝公、惠王、昭王事实，恰是证明第一个理由成立的论据。理由之后的一句话则是从反面阐明了驱逐客卿必然会带来的恶果。

这一段用的是归纳推理的论证方式。归纳论证的优点和缺点读者应该是清楚的。

第④段，也是靠末尾的一句话为证明论点成立的第二个理由："今取人则不然，不问可否，不论曲直，非秦者去，为客者逐。然则是所重者，在乎色乐珠玉；而所轻者，在乎人民也。"李斯认为秦王嬴政驱赶客卿就是只重"物"而不重"人"，实质就是"此非所以跨海内、制诸侯之术也"，不是贤明君主应该做的事情。

这一段用的是类比推理的论证方式。直接对比了秦王对人对物的不同态度，并指出了危害。本段前面谈到的色乐珠玉、郑魏韶虞，都是证明理由二成立的论据。

类比推理的优点是很清晰，但失误的可能也比归纳推理更大，所以论点的证明还不能结束,由此引出第⑤段。

第⑤段,李斯从生活中的公理出发,层层逼近:地广、国大、兵强如何,因此泰山、河海、王者该怎样,国家才能天下无敌的关键,对照秦王的做法,得出证明论点的第三个理由:逐客就是"资敌国"、"业诸侯"。这危害如何,秦王自己便可斟酌出来。

第三个理由采用了演绎推理的论证方法,结论当然是可靠的。

至此,三个证明论点成立的理由都被确认,李斯的论证也就完成了。

归纳论证中使用了排比句式,造成了文章的气势。

类比推理中使用了贴身的对照,使秦王无话可说。

演绎推理的证明,成为压倒秦王这个大骆驼的最后一根稻草。

三大理由被证明成立,李斯的论点也就成立。

第⑥段是议论的总述。将三大理由按②①③的次序重申一遍:

"物不产于秦,可宝者多"是理由一;"士不产于秦,而愿忠者众"是理由二;"今逐客以资敌国,损民以益仇,内自虚而外树怨于诸侯"是理由三。最后一句"求国无危,不可得也"是施行逐客令的严重后果。议论到此,秦王还能说什么,只能是第⑦段所表述"除逐客之令,复李斯官"的结局了。

生活在公元前的李斯,都能够运用现代逻辑进行推理论证的三大手段,而且运用得如此规范和娴熟,岂不令人惊异?

不足千字的文章,解决了论者自己的一个大难题,也避免了国家可能会遭受的一场大灾难,这难道不是议论文的魅力?

彼情彼境,其后的议论作者,能达到这一状态的还真的不多。

此外,李斯的议论智慧也让人叹为观止,仅举两个小例,都集中在第①段。

一是"臣闻吏议逐客",把掀起逐客恶浪的罪魁祸首巧妙转嫁到"吏"的头上:是官吏们不识大体,瞎嚷嚷逐客的馊主意,我针对的是官吏们,而不是秦王您,您是无比圣明伟大的,我指出逐客是错的,您一定会愉快地接受。

二是"窃以为过矣"中的"过"字。"过"可以双关,既是"过错"之义,也可理解为"有点过分、过火"之义。一个"过"字,进退自如,秦王接受不了

"过错"的观点,那我说的就是"过分",话也不算重。

你看,两个"小聪明",用的还真是地方。

最后想总结一下:首先必须重视议论文的功能,作者头脑中一定要有"说服"的指向,否则这篇文章不如不写。

其次,搭接在论点和论据之间的,该有一个理由的桥梁:用来证明论点正确的,是理由;而论者提出的理由是不是正确呢,这就需要使用论据给予证明。

我验证过许多千字左右的议论文,很有意思,以摆出三个理由的居多。这些理由我以为也可以称它们为"分论点"——分论点是证明总论点成立的"论据",但它们又处在"待证"的状态,分论点能不能成立,各自又需要论据进行证明,所以我有一句话,叫作:写议论文的过程,就是将总论点切分成几个分论点,然后对分论点进行证明的过程。这句话似乎有点绕嘴,但您继续看我的名篇阅读导引,自然可以有所体会了。

思考提示

一、归纳推理、类比推理、演绎推理各自的优缺点是什么?本文是怎样弘扬其优点而规避它们各自缺点的?

二、本篇除第⑦段是结局介绍外,前六段是议论的全部,请思考一下能不能分成"起、承、转、合"四个部分,并分析各部分在议论中的结构位置?

三、建议:不读白话文的翻译,直接读原文,而且多读几遍,体会李斯论证的情感气势。(提示:第③段是历史事实潮水般的冲击,第④段是近身事例的娓娓道来,第⑤段是宏大道理的正气凛然。)

附：议论思路

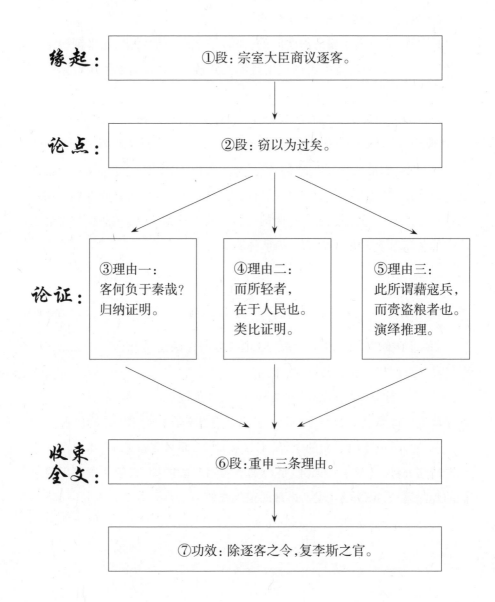

缘起：①段：宗室大臣商议逐客。

论点：②段：窃以为过矣。

论证：
③理由一：客何负于秦哉？归纳证明。
④理由二：而所轻者，在于人民也。类比证明。
⑤理由三：此所谓藉寇兵，而赍盗粮者也。演绎推理。

收束全文：⑥段：重申三条理由。

⑦功效：除逐客之令，复李斯之官。

二 解读《答韦中立论师道书》

学习要点

1.柳宗元是愿意给韦中立当老师的,但其所面临的社会与个人问题让他不能做老师,这个问题如何通过议论的结构给予解决。

2.柳宗元论证自己不能给韦中立当老师的三点理由,如何为后文的转折留下伏笔。

3.全篇议论的巧妙结构。

4.怎样借鉴柳宗元在文中表达的学习目的和学习经验。

知识准备

一、柳宗元(773—819),唐代文学家、哲学家。字子厚,河东解州(今山西省运城市解州镇)人,世称柳河东。贞元进士,参加主张革新的王叔文集团,任礼部员外郎。革新失败后被贬为邵州刺史。在赴邵途中,又加贬为永州司马,在永州10年后又迁柳州刺史。故又称柳柳州。4年后去世,年仅46岁。他与韩愈皆倡导古文运动,同被列入"唐宋八大家",并称"韩柳"。著作有《河东先生集》。

二、本文是写给韦中立的一封信,写于

柳宗元像

元和八年(公元 813 年)。当时作者正被贬于永州。韦中立,潭州刺史韦彪之孙,在他还是个"文学青年"的时候,仰慕柳宗元的文学成就,希望能拜柳宗元做老师,甚至从长安追到永州。柳宗元没有见他,他便给柳宗元写了一封信,表达拜师的意愿,并附上自己写的文章。柳宗元看到他的诚意,写了这封回信。这封回信成为柳宗元文学理论的代表作,在我国文学理论发展史上占有重要地位。六年以后,即元和十四年(公元 819 年),韦中立考取进士。

原 文

答韦中立论师道书

(宋)柳宗元

①二十一日,宗元白:辱书云欲相师,②仆道不笃,业甚浅近,环顾其中,未见可师者。虽常好言论,为文章,甚不自是也。不意吾子自京师来蛮夷间,乃幸见取。仆自卜固无取,假令有取,亦不敢为人师。为众人师且不敢,况敢为吾子师乎?

③孟子称"人之患在好为人师"。由魏、晋氏以下,人益不事师。今之世,不闻有师,有辄哗笑之,以为狂人。独韩愈奋不顾流俗,犯笑侮,收召后学,作《师说》,因抗颜而为师。世果群怪聚骂,指目牵引,而增与为言辞。愈以是得狂名,居长安,炊不暇熟,又挈挈而东,如是者数矣。屈子赋曰:"邑犬群吠,吠所怪也。"仆往闻庸、蜀之南,恒雨少日,日出则犬吠,余以为过言。前六七年,仆来南,二年冬,幸大雪逾岭,被南越中数州。数州之犬,皆苍黄吠噬,狂走者累日,至无雪乃已,然后始信前所闻者。今韩愈既自以为蜀之日,而吾子又欲使吾为越之雪,不以病乎?非独见病,亦以病吾子。顾雪与日岂有过哉?顾吠者犬耳!度今天下不吠者几人?而谁敢炫怪于群目,以召闹取怒乎?

④仆自谪过以来,益少志虑。居南中九年,增脚气病,渐不喜闹。岂可使呶呶者,早暮咈吾耳,骚吾心?则固僵仆烦愦,愈不可过矣。平居,望外遭

齿舌不少，独欠为人师耳！

⑤抑又闻之，古者重冠礼，将以责成人之道，是圣人所尤用心者也。数百年来，人不复行。近有孙昌胤者，独发愤行之。既成礼，明日造朝，至外廷，荐笏，言于卿士曰："某子冠毕。"应之者咸怃然。京兆尹郑叔则怫然，曳笏却立，曰："何预我耶？"廷中皆大笑。天下不以非郑尹而快孙子，何哉？独为所不为也。今之命师者大类此。

⑥吾子行厚而辞深，凡所作，皆恢恢然有古人形貌；虽仆敢为师，亦何所增加也？假而以仆年先吾子，闻道著书之日不后，诚欲往来言所闻，则仆固愿悉陈中所得者。吾子苟自择之，取某事，去某事，则可矣；若定是非以教吾子，仆才不足，而又畏前所陈者，其为不敢也决矣。吾子前所欲见吾文，既悉以陈之，非以耀明于子，聊欲以观子气色，诚好恶如何也。今书来，言者皆大过。吾子诚非佞誉诬谀之徒，直见爱甚故然耳！

⑦始吾幼且少，为文章，以辞为工。及长，乃知文者以明道，是固不苟为炳炳烺烺，务采色，夸声音而以为能也。凡吾所陈，皆自谓近道，而不知道之果近乎？远乎？吾子好道而可吾文，或者其于道不远矣。

⑧故吾每为文章，未尝敢以轻心掉之，惧其剽而不留也；未尝敢以怠心易之，惧其弛而不严也；未尝敢以昏气出之，惧其昧没而杂也；未尝敢以矜气作之，惧其偃蹇而骄也。抑之欲其奥，扬之欲其明，疏之欲其通，廉之欲其节；激而发之欲其清，固而存之欲其重，此吾所以羽翼夫道也。本之《书》以求其质，本之《诗》以求其恒，本之《礼》以求其宜，本之《春秋》以求其断，本之《易》以求其动，此吾所以取道之原也。参之谷梁氏以厉其气，参之《孟》《荀》以畅其支，参之《庄》《老》以肆其端，参之《国语》以博其趣，参之《离骚》以致其幽，参之太史公以著其洁：此吾所以旁推交通，而以为之文也。

⑨凡若此者，果是耶，非耶？有取乎，抑其无取乎？吾子幸观焉，择焉，有馀以告焉。苟亟来以广是道，子不有得焉，则我得矣，又何以师云尔哉！取其实而去其名，无招越蜀吠怪，而为外廷所笑，则幸矣。宗元复白。

解 读

这篇文章较长,我划分了十段。那么,这是标准的议论文吗?回答是:既是,又不是。说它是,是它仍然符合我们解读《谏逐客书》时所提出的规范的议论思路;说它不是,是它又有了新的变化,像《外人皆称夫子好辩章》那样富于机心,一箭多雕,论辩得十分巧妙。

毫无疑问,第①段交代了引起这篇议论的事由:"宗元我说了:承蒙您赐我一封信,表达了想拜老师的愿望……"请注意古人往来时敬称词语"辱"的用法:您给我写信,使您受辱了,表达出对对方的尊重。

第②段,当然就要对对方提出的话题表达自己的态度。人家千里迢迢从长安跑到永州要拜自己为老师,答应还是不答应,必然得给人家一个痛快话。可是柳宗元心思缜密,心里还有很多现在无法直说的意思,所以就跟韦中立兜起了圈子:"我没什么学问,没见到我有可以当老师的才能"、"虽然常常写点文章,但自己都没觉得自己写得怎么样"、"真没想到竟然被你看中,是我三生有幸啊"、"我真的一点长处都没有"、"就算有点长处,也不敢给普通人当老师"、"更不用说给您这样的少年才俊当老师了"……绕来绕去,其实一句话可以敲定:我不能给您当老师。事关论点的主题句这样表达,是为修辞,称作"委婉"——在委婉中顺便又把韦中立捧了一把。

既然表达了自己不能给韦中立当老师的态度,那么理由是什么呢?这个问题是写议论文时必须考虑的问题。所以在接下来的第③④⑤三个段落里讲述了三个理由。

第一个理由,是现在的社会已经不重视拜师了,如果有人还在拜老师,那就会遭到社会的耻笑。证明这个理由成立的论据有三条:第一条,名人孟子的话"人之患在好为人师";第二条,活生生的例子是韩愈,写了一篇天下人皆知的《师说》,收徒授课,便被"群怪聚骂,指目牵引",还得了个狂人的名声;第三条,则是喻证:南方的狗没见过雪,见了雪便"苍黄吠噬"加"狂走"。

三条论据既明,柳宗元反问道:你来拜师,我若接受,我就有了精神病,连你都会被加上精神病的帽子,我们干嘛要做这样的事?

第二个理由,到南方九年了,身体越来越不好,说拜师的事就会招来一大批小人在那里啰啰嗦嗦,这日子更加没法过了。这个理由讲的是客观现实,没必要拿出医生证明,直接成立。

第三个理由,用例证证明韦中立拜师,就是"独为所不为",必然遭到世人的反对。其例是独自实施古代冠礼而遭到众人嘲笑的孙昌胤。

证明到此,柳宗元不接受拜师的理由已经很充分,这封信也就该结束了,最后再说几句安慰性的客套话让对方别太下不来台,年轻人应该有自己的抱负。

议论文要写到这份上,我们也只能为韦中立不能实现愿望感到不平,为柳宗元有点自顾自的小私心感到遗憾。如果真如此,我也就不会为读者介绍这篇文章了。因为柳宗元在讲三个理由的时候,话语中都留了活扣:第一个理由讲述中他说"顾雪与日岂有过哉?顾吠者犬耳",雪和太阳有什么过错呢?骂咱们的不过是一群狗罢了。第二个理由的讲述中他说"平居望外遭齿舌不少,独欠为人师耳",我已经挨过不少骂了,就差一个给人当老师了吧,多一个少一个没什么区别。第三个理由的讲述中他则轻描淡写地说不过是"独为所不为"罢了,联系柳宗元的为人,他恰恰是喜欢革新,不怕社会非议的人啊。

于是,就出来第⑥段了。柳宗元话锋一转又夸奖起韦中立送来的习作和人品了,仍然强调自己没资格来为韦中立传道授业解惑定是非,但是可以相互往来,交流交流心得,那"仆固愿悉陈中所得者",爷俩由这个转折段开聊起来了。

第⑦、第⑧两段可是柳宗元拿出真东西的段落。

第⑦段,柳宗元讲起自己的学习经历。开始学习的时候,写作只是注重言辞的华丽和声音的动听,后来才明白写文章是要以传授圣人之道为第一任务的。

第⑧段,则讲了自己学习写作的经验和使用参考书的种种要点。经验是:第一条——一要避免轻心、怠心、昏气、矜气,二要学会使用抑、扬、疏、廉、激发、固存的本领。第二条,对道的旁推交通,即写作的参考书,它又分两类:"本",指经典著作。学习重点则是:在《尚书》中学它的"质",在《诗经》中学它的"恒",在《礼记》中学它的"宜",在《春秋》中学它的"断",在《易经》中学它的"动"。"参",指参考读物,学习重点则是:参照《谷梁传》来磨砺自己的文气,参照《孟子》《荀子》来畅通自己的思路,参照《庄子》《老子》来激活自己的思绪,参照《国语》来扩展自己的旨趣,参照《离骚》来达到它的幽深,参照《史记》来发扬它的简洁。

一下子拿出这么多的好东西教给韦中立,您说,柳宗元是不是韦中立的老师呢?

该说的都说了,该教的也都教了,该骂的也都骂了,柳宗元到此才真舒了一口长气,该让这封信结束了。到了第⑨段,柳宗元真正的论点才完全揭露了出来。他写道:教给你这些东西,是有可取呢,还是无可取呢?你可以自己观察、选择,我们之间何必挂那个"老师"和"学生"的虚名?在你我之间,我们完全可以取其实而去其名,没必要招那些狗汪汪叫、招那些自己不学就会嘲笑他人的混蛋们来捣乱,这样我们不都会很快乐吗!

到此我们才明白,柳宗元这篇议论文的真正论点是:

> 取其实而去其名。
>
> 又何以师云尔哉!

到此我们也完全可以看出柳宗元的文章,对社会有多么强大的批判性!也可以看出他对真心愿意求师学习的年轻人有多么深厚的一片仁心!

我们常说,写文章一定要把文章的前前后后想好了再动笔,这个"想好了"就叫构思;而读古往今来的优秀文章,除了把握它的思想之外,更重要的就是理解这篇好文章的构思。作为议论文,我们就要弄明白这篇文章的议论是针对什么对象什么议题(议论域),作者对这个问题持什么观点(论点),他又是怎么证明自己的观点对或是对方的观点错的(分论点即理由,以及对理由能够成立的论证),再有即是作者怎么安排文章的议论顺序的,这个顺序就叫结构。

柳宗元的这篇议论文,属于一种套层的复式结构:

议论的事由:韦中立想拜我为老师。(第①段)

我的观点:我们没必要讲求做老师的名分,只要有师生的实际就好——取其实而去其名。(第②、⑥、⑨段)

我的论证:

之一:为什么不需要讲求做老师的名分(第②段)。

证明:理由一(第③段)、理由二(第④段)、理由三(第⑤段)。

之二:怎么做才是"有师生的实际"(第⑥段)。

证明:做法一(第⑦段)、做法二(第⑧段)、做法三(第⑧段)。

我的结论:如果能按我说的做,咱俩都皆大欢喜,"则幸矣",结束全文。(第⑨段)

所以说是复式,即指作者的论点是个并列关系的复句,它在第②、第⑥段中是各自表述,到了第⑨段则是合并表述,对这篇文章必须把握这个复式结构,才能理解它的真意。

所谓套层,是说从第①到第⑤段"不能当老师"的论证,是第⑥到第⑧段的铺垫,没有这个铺垫,就没有了作者对社会风气的不正、对朝廷处理的不公、对人心礼制的不古的尖锐批判,当不当老师反而成了作者与韦中立之间的个人问题,这里既表现了柳宗元的思想深度和文字的力度,也使前后两层的论证具有了一种"转"的味道,让读者有一种从山穷水尽突转柳暗花明的惊喜。

思考提示

一、本篇是复杂议论文的一个代表。语文老师如果要把此篇推荐给学生学习,要顾及学生的接受能力。

二、教育工作是人与人之间的知识交流,更是师生之间的人心交流,柳宗元的"取其实而去其名"是对我们如何建立平等和谐师生关系的一大启发,可供参考。

三、文中讲述的第一类学习经验,即文与道的关系,对学习与写作十分有用,望深入思考。

四、文中讲述的第二类学习经验,是思想大师柳宗元对中国传统文化的精辟总结,指明了学习优秀传统文化的重点所在。学习优秀传统文化不是简单地朗读《三字经》《千字文》,也不是死记硬背《弟子规》《论语》,我从来反对皮毛式的所谓"国学"灌输,学习要动脑子,要有方向,要定目标。柳宗元为我们做了很好的榜样。我们今天已经无从考察韦中立读了这封书信后在学习方面的变化,但时隔六年后他能考中进士,猜测应该是对其产生一定影响的。柳宗元所指出的道路,在排除某些属于糟粕性的东西之后,可否成为我们教改实验的一条探索之路,这值得我们思考、探究。

附：议论思路

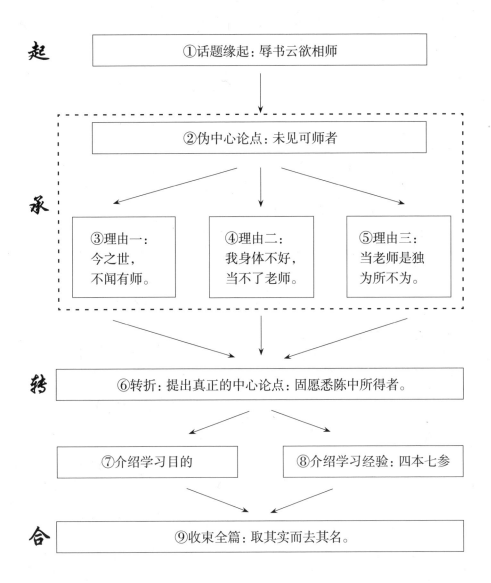

起　①话题缘起：辱书云欲相师

承　②伪中心论点：未见可师者

③理由一：今之世，不闻有师。

④理由二：我身体不好，当不了老师。

⑤理由三：当老师是独为所不为。

转　⑥转折：提出真正的中心论点：固愿悉陈中所得者。

⑦介绍学习目的

⑧介绍学习经验：四本七参

合　⑨收束全篇：取其实而去其名。

三 解读《谏迎佛骨表》

学习要点

1.本篇议论缘起的特点:起笔 B 型,或称"暗度陈仓"型。

2.中心论点的表述,以及四大理由的结构安排。

3.本篇议论未能达到目的的原因。

4.对佛学的理解,以及韩愈为何反佛。

知识准备

一、韩愈,中国古代著名文学家、教育家,生于公元 768 年(唐代宗大历三年),卒于公元 824 年(唐穆宗长庆四年),享年 56 岁。韩愈,字退之,河南河阳(今河南孟州)人。因祖籍郡望昌黎郡,自号昌黎先生,世称韩昌黎;晚年曾任吏部侍郎,又称韩吏部;卒谥文,后世尊称为韩文公。韩愈于贞元八年考中进士,时年 24 岁。唐宪宗时随同裴度平定淮西藩镇之乱。在刑部侍郎任上,他上疏谏迎佛骨,触怒了宪宗,被贬为潮州刺史。后于穆宗时召为国子祭酒,是为国立最高学府国子监的校长,历任京兆尹、

韩愈像

兵部与吏部侍郎。

韩愈不仅在文学写作方面成就极高，而且与和他同时代的大文学家、思想家柳宗元一起倡导、创立了中唐古文运动，其思想核心是恢复自秦汉以来写文章坚持"文以载道"的社会功能，去除六朝及隋初形成的空洞、浮华的奢靡文风。这一思潮不仅在唐代得到文学界的积极响应，更在后来的宋代，由苏洵、苏轼、苏辙、曾巩、欧阳修、王安石继续加以倡导、推行，形成声势浩大的古文运动。苏轼赞扬韩愈说他"文起八代之衰，道济天下之溺，忠犯人主之怒，勇夺三军之帅"。韩愈的散文与诗歌创作都很有名，有《昌黎先生集》。

二、佛教，世界三大宗教之一。人类的宗教历史经历了原始宗教、民族宗教、世界宗教三个阶段，世界宗教的重要特征之一是它的超民族性质。佛教的前身是生活在天竺的古印度民族所信奉的原始婆罗门教，由释迦牟尼发展创立了佛教，汉代时经西域传入中国，再传播到东南亚的泰国、缅甸以及东亚的日本。佛教进入中国是一个漫长的过程，一方面它要千方百计获得统治者的支持，甚至设法成为"国教"，才能借助国家机器的力量迅速传播；另外一方面，如果传播过快，威胁到统治者利益的时候，它也会受到来自统治者的遏止。中国历史上著名的"三武灭佛"（北魏太武帝、北周周武帝、唐武宗）就是代表。而在平时，中国知识分子中传承的儒家，以及主要在中国民间流传的民族宗教道教，与外来的佛教之间也形成斗争之势。尤其是儒家思潮，历来自视为处于中国的正统位置，当然对佛教的兴盛有所不满，本篇韩愈激烈地反佛，便集中体现了将佛家视为外来的"洪水猛兽"的儒家正统观念。

引发韩愈上书给唐宪宗表达反佛意见的导火索出于唐宪宗元和十四年（公元819年）欲迎佛骨进宫一事。离唐朝首都长安约200里的凤翔扶风（今属宝鸡市）有一座被称作"关中塔庙始祖"的著名寺庙法门寺。法门寺，又称法云寺，据传始建于东汉明帝十一年（公元68年），因安放有释迦牟尼佛指骨舍利而在佛界拥有崇高地位，主体崇佛的唐代将它誉为"皇家寺庙"，举国仰望。

法门寺中藏有佛祖释迦牟尼指骨舍利的佛塔，每三十年开一次塔，将舍利取出供人们瞻仰、供奉。唐元和十四年(公元819年),正值开塔之年。正月,唐宪宗派中使杜英奇率领宫人三十人,持香花迎佛骨舍利到长安宫中,供养三日。这件事在全国引发了一场浩大且狂热的礼佛风潮,社会各阶层趋之若鹜。王公贵族、平民百姓奔走舍施,前往瞻仰,甚至有废业破产、烧顶灼臂的过分举动以表虔诚。已经预见到这一局面且担任刑部侍郎的韩愈,出于维护儒家正统地位的目的,在唐县宗下旨之日,即上表请求皇帝收回成命,便是我们要讲的这篇《谏迎佛骨表》。

表,古代专用文体,即大臣写给皇帝的报告。但这份报告可不是向皇帝述说什么事情,而是直截了当劝谏皇帝不要迎佛骨入宫,很像李斯的《谏逐客书》,所以加了一个"谏"字——一定要把皇帝说服。

韩愈的文章写得很棒,很有说服力,要是一般人也就接受了,可这篇表的读者是皇帝啊,皇帝是很任性的,任性就是东拉西扯,根本不讲道理,反正就是自己对、韩愈错。平心而论,韩愈的文章开头两段话就刺到唐宪宗的肺管子了——反正我任性,我认为你是什么动机就是什么动机,没道理好讲。韩愈说了什么呢?他在文章一开篇就指出,从东汉佛教传入中国以来,凡是信奉佛教的皇帝都没得长寿,相反的是古代没有佛教时,帝王们一个个活得都有滋有味的。会说的不如会听的,唐宪宗心说你韩愈是不是咒我短命啊?估计文章没看完就火冒三丈,大叫大嚷要处死韩愈。幸好朝中大臣裴度、崔群出来说情,说韩愈"内怀至忠",说那样的话就是希望唐宪宗能够长生不老、万寿无疆。这样的忠臣怎么能杀呢?唐宪宗心里也明白,杀了韩愈以后就没人敢说话了,但忤逆了自己,死罪可恕,活罪难饶,一把就把韩愈贬到大陆的最南端——多鳄鱼、多台风的潮州,当个没权势没实惠的刺史去了,这就叫作"不爱听你说话,能滚多远就滚多远"好了。

韩愈劝谏失败,从此颠沛流离,虽然应穆宗所召不久即回长安,但五年后(公元824年)便郁郁而逝。佞佛的唐宪宗呢,活得更短,第二年(公元820年)就驾崩了。更没有想到的是,由于佛教快速膨胀,20多年的功夫造成了严重的社会问题,终于迫使唐武宗于会昌五年(公元845年),"秋七月,诏天下佛寺僧尼并勒归俗",中国历史上有名的第三次"灭佛",使佛教大伤元气。

由此我们可以看到韩愈对社会现象的理解与思考都相当深刻,预见也非常准确,当然这也是建立在他坚守儒家信仰,对国君无比忠诚的基础之上,所以苏轼赞扬他的话有一句"忠犯人主之怒",即指此事。

原 文

谏迎佛骨表

(唐)韩愈

①臣某言:伏以佛者,夷狄之一法耳。自后汉时流入中国,上古未尝有也。昔者黄帝在位百年,年百一十岁;少昊在位八十年,年百岁;颛顼在位七十九年,年九十八岁;帝喾在位七十年,年百五岁;帝尧在位九十八年,年百一十八岁;帝舜及禹,年皆百岁。此时天下太平,百姓安乐寿考,然而中国未有佛也。其后殷汤亦年百岁,汤孙太戊在位七十五年,武丁在位五十九年,书史不言其年寿所极,推其年数,盖亦俱不减百岁。周文王年九十七岁,武王年九十三岁,穆王在位百年。此时佛法亦未入中国,非因事佛而致然也。

②汉明帝时,始有佛法,明帝在位,才十八年耳。其后乱亡相继,运祚不长。宋、齐、梁、陈、元魏已下,事佛渐谨,年代尤促。惟梁武帝在位四十八年,前后三度舍身施佛,宗庙之祭,不用牲牢,昼日一食,止于菜果,其后竟为侯景所逼,饿死台城,国亦寻灭。事佛求福,乃更得祸。③由此观之,佛不足事,亦可知矣。

④高祖始受隋禅,则议除之。当时群臣材识不远,不能深知先王之道,古今之宜,推阐圣明,以救斯弊,其事遂止,臣常恨焉。伏维睿圣文武皇帝陛下,神圣英武,数千百年已来,未有伦比。即位之初,即不许度人为僧尼道,又不许创立寺观。臣常以为高祖之志,必行于陛下之手,今纵未能即行,岂可恣之转令盛也?

⑤今闻陛下令群僧迎佛骨于凤翔,御楼以观,舁入大内,又令诸寺递迎供养。臣虽至愚,必知陛下不惑于佛,作此崇奉,以祈福祥也。直以年丰人乐,徇人之心,为京都士庶设诡异之观,戏玩之具耳。安有圣明若此,而肯信

此等事哉! 然百姓愚冥,易惑难晓,苟见陛下如此,将谓真心事佛,皆云:"天子大圣,犹一心敬信;百姓何人,岂合更惜身命!"焚顶烧指,百十为群,解衣散钱,自朝至暮,转相仿效,惟恐后时,老少奔波,弃其业次。若不即加禁遏,更历诸寺,必有断臂脔身以为供养者。伤风败俗,传笑四方,非细事也。

⑥夫佛本夷狄之人,与中国言语不通,衣服殊制;口不言先王之法言,身不服先王之法服;不知君臣之义,父子之情。假如其身至今尚在,奉其国命,来朝京师,陛下容而接之,不过宣政一见,礼宾一设,赐衣一袭,卫而出之于境,不令惑众也。况其身死已久,枯朽之骨,凶秽之余,岂宜令入宫禁?

⑦孔子曰:"敬鬼神而远之。"古之诸侯,行吊于其国,尚令巫祝先以桃茢祓除不祥,然后进吊。今无故取朽秽之物,亲临观之,巫祝不先,桃茢不用,群臣不言其非,御史不举其失,臣实耻之。⑧乞以此骨付之有司,投诸水火,永绝根本,断天下之疑,绝后代之惑。使天下之人,知大圣人之所作为,出于寻常万万也。岂不盛哉! 岂不快哉! 佛如有灵,能作祸祟,凡有殃咎,宜加臣身,上天鉴临,臣不怨悔。无任感激恳悃之至,谨奉表以闻。臣某诚惶诚恐。

解　读

第①与第②两段,其实是一段,上来就给唐宪宗揭露多个惊心动魄的事实:佛教进中国之前,天下太平,百姓安乐寿考,帝王个个长命百岁;佛教进了中国之后,麻烦大了,帝王是个个短命,好不易找到一个三次舍身虔诚信佛的,活得倒是挺长,但结局可是饿死的。这些事实能得出什么结论呢? 明摆着的:"事佛求福,乃更得祸。由此观之,佛不足事,亦可知矣。"

这篇议论文的起笔,不同于我们前面讲的几篇,那些都是有事情在双方面前摆着的:因为有这么件事,我得说说自己的意见,把事情摆出来就开始辩论了:《谏逐客书》是秦王听了吏议就要逐客,《季氏将伐颛臾》是冉有、季路来向孔子报告"季氏将有事于颛臾",《外人皆称夫子好辩章》是公都子前来询问究竟是怎么回事,《答韦中立论师道书》是韦中立要拜柳宗元做老师。

这些事情都是话题,拿起来就可以开论,这种起笔,我将之称为"起笔 A 型",又叫"直截了当"型。

A 型是通用的,不管什么议论文都可以用。韩愈写这篇也完全可以用:我看到您下诏书让手下去法门寺迎接佛骨进宫供养,这事我看不妥云云。这么写的确有点针锋相对的意思,直接奔目标而去了。读者会不会感觉到这么写有点生硬?而且如果是议论文都这么写,是不是也有些太单调了?

韩愈换了一种形式,我们姑且叫它"暗度陈仓"型吧。韩愈根本不提迎佛骨的事,好像是近来读历史突然有了点新的发现、重要心得似的:佛教是后汉才进中国的,我发现在佛法进中国之前,历代的帝王黄帝、少昊、颛顼、帝喾、帝尧、帝舜以及大禹、成汤、文王、武王、穆王,个个都是长命百岁或是在位长久;可佛法进了中国后情况就变了,允许佛法进入的汉明帝,在位才十八年;而以后的历朝历代,纷纷短命,好不易有一位在位四十八年的梁武帝,笃信佛法,三次舍身,竟然国破身亡,落得个饿死的结局。看来做皇帝的与佛法有牵连,还真不是好事。我研究的这个结论,迫不及待地第一个就报告给您了。

韩愈写这一段,就没谈迎佛骨的事,但谁都看得出来,这是用佛法和国家与帝王的关系入手准备切进呢。但它毕竟不同于"起笔 A 型"的写法,所以我们起名叫作"起笔 B 型",表面修了个栈道,一家伙就捅到陈仓那里去了。

陈仓是哪里?就是第③段,短短的一句话是主题句:"由此观之,佛不足事,亦可知矣。"

用 B 型的优点是什么呢?其一,好像是拉家常式的开头,显得很亲切,对方不提防而且能拉近谈话的距离;其二,还透着作者有学问,知道得多。由于这两条优点,使得议论文很有文艺范儿,所以写杂文的都喜欢这么写,以后我们还要讲杂文,读者可以进一步验证。

韩愈大概尽想着这么写的优点了,却没注意到他所谈的正反两方面的对比,一下子说到最要害的地方:当皇帝的能否长寿?他所统治的国家能不能长治久安?韩愈倒是忧国忧君的心太切了,唐宪宗可不这么想:你上来跟我轻描淡写地说"佛不足事",但讲的历史哪条不是腹诽、咒我早点死呢？唐宪宗能不大怒吗？如此看来，韩愈写议论文太直了，真没李斯聪明，也没孟子那样会动心思。不过，韩愈坚守儒家正道，且无限忠君之情跃然纸上，所以苏轼大大赞扬他"忠犯人主之怒，勇夺三军之帅"，就是指这篇文章说的。

"起笔 B 型"，不是东拉西扯，一方面，所举的事情要和议论的主题相关，同时，这些事例可以归纳出中心论点——"佛不足事"；而韩愈又列举了正反两方面的事例进行归纳，连珠炮似的语句，很有点理直气壮的感觉啊——但必须指出，韩愈的归纳也是不完全的：中国没有佛法的时候，就没有短命的帝王吗？佛法进入中国以后，就没有长寿而且把国家治理得不错的帝王吗？我想要找是一定都找得出来的，韩愈对那些一概不提，只捡对自己有利的事例来说。

韩愈大约也有感觉，怕皇帝看了第①、第②两段可能受不了，赶紧找补一个第④段，先献上一串高帽子，连宪宗的老祖爷爷唐高祖李渊都有得一比：您和列位高祖都明白佛不足事的道理，尤其是您，神圣英武，无人伦比，也曾下令实施过禁佛的命令——这是作者把中心论点的大道理转为具体事的第一个分论点：皇上您家世代都是反对佛法的。韩愈越这么说，越是透着皇上前后矛盾，说了不做做了不说，这不是揭老底吗，皇上能痛快吗？

第⑤段算是真正把具体事情挑明了——迎佛骨进宫。至此，韩愈还是尽量为唐宪宗开脱：您迎佛骨进宫供养，不过是为的"祈福祥"，给百姓设"诡异之观，戏玩之具"罢了，但是影响一定会不好，百姓会对您的做法产生误解，就会闹出更大的乱子来："焚顶烧指，百十为群，解衣散钱，自朝至暮，转相仿效，惟恐后时，老少奔波，弃其业次……必有断臂脔身以为供养者"，道德风气不就全都被败坏了吗！所以迎佛骨的事可不是小事啊，这是作者立论的第二个分论点。

至此韩愈还不尽兴，在第⑥段里又提出第三个分论点：佛本是"夷狄之人"，所言所行均不合中国国情。即使是活人，奉使命来到中国，也应该就像接待国宾级别的客人一般给点礼遇就成了，更何况已是"枯朽之骨，凶秽之馀"，怎么能请进深宫密室呢？

第⑦段更厉害,把大成至圣先师孔夫子和历代诸侯都请出来了:他们是怎么说的,是怎么做的。然后把锋芒稍微捂了捂:我生气不是对您啊,我是气那些当臣子的,他们太失职了! 韩愈也不想想,怪群臣有什么用? 得知道醋打哪儿酸,盐打哪儿咸,闹出这么大事的不就是唐宪宗本人吗?

从③到⑦五个段落,在大论点"佛不足事"的观照下,又针对具体的人与具体的事提出四个分论点,它们是:

1.李家皇朝从立国之初直到今天,都认为不应事佛,您不能改规矩;

2.知道您迎佛骨本心不是事佛,但百姓会错误理解,造成很坏的社会影响;

3.佛是外国人,来了不过是客,佛骨更不应受到礼遇;

4.按孔圣人和历代诸侯的所言所行,群臣不劝止就是失职。

观点已明,应采取的措施也水到渠成:把这骨殖投诸水火,让天下知道皇帝做事就是出于寻常万万。另外如果真是有灵,能作祸祟,殃咎全加到我一人身上好了。

我们发现这篇文章,韩愈没有按照议论文的常规方式机械硬套,而有了一些变化:起笔不是 A 型,没有在入题时就直切话题对象,而是通过引述历史得出一个带有宏观性质的大论点。然后再从本朝的祖制引出具体的人与事,用连珠炮的语态摆出四个理由,向自己的议论对象步步紧逼,形成了"得理不让人"的气势。从结构上说,这是议论文的一种变式。从功能上说,对敌手形成一种猛攻状态的高压。

韩愈也太忠诚了,韩愈更太直白了,以自己满腔热血,甚至在神明面前发誓愿承担一切神责,但他没有想到,自己的文章戳中了专制皇帝的命门(1.信佛就短寿;2.李家王朝世代反佛,到您这里出尔反尔有违祖制),其结果如何也就完全可想而知了。

思考提示

1.在本篇中我们发现了议论文的一种新的写作格局,正如金人王若虚论写作时谈到的"大体须有,定体则无"。写文章在主题确定后,就要布局谋篇,确定格局。与其他文体一样,议论文也是有大体的,即"导出论题—表明观点—证明成立—收束全篇",但绝不会千篇一律,定体是不会有的。本文实际上是符合议论的大体:"为迎佛骨事导出历史的观察—我坚决反对事佛—证明不应迎佛骨的四条理由—收束全篇:停止迎佛骨,责任由我一力承担",但缘起与证明对待的是不同的对象:缘起归纳出大道理,证明则在大道理的参照下针对具体的事和人,这一点还请读者细心体会。在大体中怎样求变,当然必须是有更好效果的变——议论就是要说服对方,如果没有说服,就要分析思考一下没能说服的原因在哪里了。

2.韩愈反佛的态度是鲜明的,但反佛的理由却有待商榷。第一条理由就颇可讨论:人的长寿一定都是源于不信佛,人的短命或是遭到殃咎都是因为信佛吗?韩愈用的是归纳推理,归纳推理的结论若想可靠,第一必须是完全归纳,第二必须是科学归纳。完全归纳就是要列出所有的归纳项,且无一个反例;科学归纳则需要对归纳的现象与归纳结果间做出科学的因果分析。两个方法必居其一,结论才能使人信服。韩愈则两点都没有做到:所有不信佛的人都长寿吗?所有信佛的人都短命吗?韩愈只是举了一些例子,而且例子里相当多的是神话传说中的人物,不仅寿命多少没有准确记载,甚至其是否真实存在都可以讨论。即便梁武帝的例子时间比较近,但他的国亡身死,与他信佛的内在关系是什么呢?不能只说现象不分析因果关系啊。

第二个理由也有问题:唐朝历代祖先反佛,唐宪宗刚即位时反佛,今天就必须守成不变、不许信佛吗?需知任何事情的发生,都是有它的历史原因与社会原因的。古希腊著名哲学家德谟克利特就指出"一切都遵照必然性而产生",说明任何行为都有它的内在原因,哪怕是具有偶然性的行为,原因也会是预伏的、潜在的。

　　第三个理由是韩愈的推测,可能会成为现实,给社会带来巨大的灾难,但这也仅仅是一次或然性的判断。韩愈仅仅指出可能会产生这样的结局,但是不是一定会产生,韩愈既未举出论据,也没有进行严格的理论推断。

　　第四个理由,是一次类比推理:先是把佛比作奉国命而来的使者,然后又把佛比作普通人的尸骸,我们也应辨识它们之间是没有可比性的。

　　四个理由的论证都存在问题,说服性不强,那么所剩下来的,便是由第①、第②两段使用的排比,以及连珠炮般理由的推出所造成文章的气势了,且多少给人得"理"不让人的感觉。

　　3.最后要指出的是,佛教是人类创造的一种文化。它能够存在达千年以上,而且能够得到众多的信徒信奉,它的教义教理,以及它的传播方式和效果,都是值得认真研究的,不是轻易扣帽子就能够解决的,只是韩愈那时不明这个道理。我们今天讲这篇文章的得失,也只是为了帮助读者解决文章的阅读与分析问题,仅此而已,无有它哉。

附：议论思路

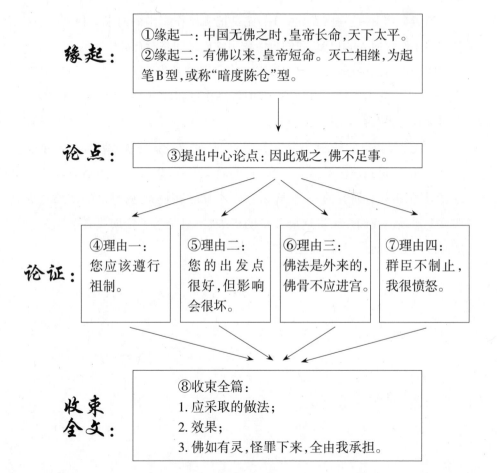

缘起：
①缘起一：中国无佛之时，皇帝长命，天下太平。
②缘起二：有佛以来，皇帝短命。灭亡相继，为起笔B型，或称"暗度陈仓"型。

论点：
③提出中心论点：因此观之，佛不足事。

论证：
④理由一：您应该遵行祖制。
⑤理由二：您的出发点很好，但影响会很坏。
⑥理由三：佛法是外来的，佛骨不应进宫。
⑦理由四：群臣不制止，我很愤怒。

收束全文：
⑧收束全篇：
1.应采取的做法；
2.效果；
3.佛如有灵，怪罪下来，全由我承担。

四 解读《外人皆称夫子好辩章》

学习要点

1.好辩,不是喜辩,大事小事都要争辩个究竟,而是善辩,善于辩论而驳倒对方。要通过本文的学习懂得什么才是善辩、好辩。好辩不是勇气的问题,而是智慧的问题、分析的问题,以及口头与书面的表达问题。

2.文字惜墨如金,一组论据能够提出三个分论点,在简约中翻出奇趣。

3.情景阅读的方法,使读者更好地把握作者的思路。

4.设置中心论点的智慧。

知识准备

孟子的情况大家都比较熟悉,知道他姓孟名轲,战国时代邹国人,是孔子的孙子子思弟子的学生,继承和发扬了孔子的思想,成为儒家学派仅次于孔子的第二号代表人物,有"亚圣"的敬称,世人习惯合称为"孔孟"。

孟子自身的经历,后人知道较少,只在古籍上留下了一些"孟母断织"、"孟母三迁"、"孟母去齐"的记载,让人们可以了解孟子得到来自母亲的很多教育。但我们可以从孟子自己的著作中得知,与主张温良恭俭让的孔子不同,他擅长辩论,雄辩滔滔,气势磅礴,极富感染力。所以后人称孟子善辩。

说孟子善辩,论者一般只是说他的文章里表现了他不断地与人辩论。即如郭沫若,也只是说:

"孟子在当时是以'好辩'而受非难的人。据现存的七篇书看来,他真有点名不虚传。他不断地在和人辩:和宋牼钘辩,和淳于髡辩,和告子辩,和许行之徒辩,和墨者辩,和自己的门徒们辩。辩得都很巧妙,足见得他对辩术也很有研究。"(《十批判书·名辩思潮的批判》)

郭沫若的评价中,在大讲特讲孟子与之辩论人的数量之后,只轻轻地说他"辩得都很巧妙,足见得他对辩术也很有研究",讲的是没有脱离口头语言的辩论,而不是孟子结构议论文的能力。我们选择了收在《孟子·滕文公下》中的《外人皆称夫子好辩章》一文,看看孟子是怎样写议论文的,是怎样在文章中表现出为孟子所独有的议论魅力的:他不是喜欢口头上动不动就和人"吵架",而是真真确确地掌握了写作议论文如何高妙地进行议论的技巧。弄懂这篇议论文,对我们自己写一篇超级棒的议论文会有极大的帮助。

原 文

外人皆称夫子好辩章

(先秦)孟子

①公都子曰:"外人皆称夫子好辩,敢问何也?"

②孟子曰:"予岂好辩哉?予不得已也。③天下之生久矣,一治一乱。"

④"当尧之时,水逆行,泛滥于中国。蛇龙居之,民无所定。下者为巢,上者为营窟。书曰:'洚水警余。'洚水者,洪水也。使禹治之,禹掘地而注之海,驱蛇龙而放之菹。水由地中行,江、淮、河、汉是也。险阻既远,鸟兽之害人者消,然后人得平土而居之。"

⑤"尧舜既没,圣人之道衰。暴君代作,坏宫室以为污池,民无所安息;弃田以为园囿,使民不得衣食。邪说暴行又作,园囿、污池、沛泽多而禽兽至。及纣之身,天下又大乱。周公相武王,诛纣伐奄,三年讨其君,驱飞廉于海隅而戮之。灭国者五十,驱虎、豹、犀、象而远之。天下大悦。书曰:'丕显哉,文王谟!丕承哉,武王烈!佑启我后人,咸以正无缺。'"

⑥"世衰道微,邪说暴行有作,臣弑其君者有之,子弑其父者有之。孔子惧,作《春秋》。《春秋》,天子之事也。是故孔子曰:'知我者其惟《春秋》乎!罪我者其惟《春秋》乎!'"

⑦"圣王不作,诸侯放恣,处士横议,杨朱、墨翟之言盈天下。天下之言,不归杨,则归墨。杨氏为我,是无君也;墨氏兼爱,是无父也。无父无君,是禽兽也。公明仪曰:'庖有肥肉,厩有肥马,民有饥色,野有饿莩,此率兽而食人也。'杨墨之道不息,孔子之道不著,是邪说诬民,充塞仁义也。仁义充塞,则率兽食人,人将相食。吾为此惧,闲先圣之道,距杨墨,放淫辞,邪说者不得作。作于其心,害于其事;作于其事,害于其政。圣人复起,不易吾言矣。"

⑧"昔者禹抑洪水而天下平,周公兼夷狄,驱猛兽而百姓宁,孔子成《春秋》而乱臣贼子惧。《诗》云:'戎狄是膺,荆舒是惩,则莫我敢承。'无父无君,是周公所膺也。我亦欲正人心,息邪说,距诐行,放淫辞,以承三圣者;岂好辩哉?予不得已也。能言距杨墨者,圣人之徒也。"

解　　读

我们也按照本篇议论文的内在结构分出层次,标出号码,以方便解读。

很明显,文章的第①段也是兴起此篇议论的事由:孟子的学生向老师询问:为什么外面的人都说夫子您喜好辩论,自己作为学生本不该前来质疑,所以冒昧地来请教一下——"敢问何也?"

典籍中缺少公都子的材料,按文中语气言,公都子应该是孟子的学生。面对学生的问题,孟子是怎样回答的呢?

阅读文章,我提倡放开声音来读,特别是读到人物说话时,要反复揣摩说话人的语气,看看他表达的是种什么情绪。阅读第②段孟子的回答,千万不可以像点着的爆竹那样,气冲冲地反驳说:"予岂好辩哉?"——"我难道好辩吗?"假如声音高高地冲上去读这句话,那就完了,公都子不用再问了,自己的这位老师是真的好辩啊,甚至没准会想,自己的老师是不是没理也要辩三分呢?那算是善辩吗?根本不能算。俗话说,有理不在声高,这句话应该低下来,表现出这样的语义:"我怎么会是一个好辩的人呢?"然后正好接上下句:"我实在是不得已的啊。"

这一读法,真的可以体现出孟子的善辩了。他说"我怎么会是一个好辩的人呢"，意思是我的本性并不是喜欢辩论；接着说"我实在是不得已的啊"，孟子的善辩就表现在这里了：外人说我"好辩"，是认为我的本性就属于好辩，我根本不是他们想象的那样，我本性是不好辩的。那是为什么呢？是客观的世界逼得我不得已地去跟他人辩论啊——责任不在我，而在于这个社会、这个世界。请看，孟子多么聪明，他面对公都子的疑问，不会针锋相对地说自己不是好辩，而是巧妙地把问题推给了客观，从而展开了一个新的论题：是什么样的客观世界逼得我这个本来十分文静的人不得不参加辩论呢？

对"好辩"的论题直接反驳，不好辩也是好辩了；孟子巧妙地转换了论题：不是我好辩不好辩的问题，而是这个社会需不需要我好辩。

第②段是本文的中心论点：我是不得已才好辩的。

这个社会为什么需要我好辩，则是可以好好讨论一下的问题了。于是孟子接下来开始论证，指出第③段："天下之生久矣，一治一乱。"

孟子这句话，貌似中心论点，其实不是，中心论点在第②段，第③段是④⑤⑥三个大论据的总领。

总领的一句话，是孟子提出的第一个理由或叫分论点，他认为人间的社会长久以来，就是一段动乱一段安定，乱与治交替循环。那么这个观点对不对呢？当然就得请孟子自己给予证明。

第④段是第一个论据。这段里举了尧的时代，天下洪水泛滥，社会极为混乱；后来尧派禹治水，治水成功，天下安定了："险阻既远，鸟兽之害人者消，然后人得平土而居之。"这是第一个由乱到治。

第⑤段是第二个论据。大禹成功治水、社会安定之后，暴君出来了，尤其到了纣王的时代，简直乱得一塌糊涂，是个乱世。亏得出来个辅佐武王的周公，诛纣伐奄，灭国五十，世界恢复了平静，天下大悦。又是一个由乱到治。

第⑥段则是第三个论据。周公之后，"世衰道微，邪说暴行有作"，做臣子而杀死国君的，做儿子而杀死父亲的，全出来了。但乱后就是治，大乱就会走向大治，多亏有了位孔圣人，写了《春秋》让乱臣贼子心存恐惧，社会便安定了许多。这更是一个由乱到治。

第④⑤⑥三段是对三段历史的描述，我们今天看去也是基本属实的，于是孟子的第一个理由便得到了证明，但是，这个问题和孟子本人好辩不好辩有什么关系呢？

俗话说：戏法人人会变，高低各有不同。孟子所谓好辩其实是善辩的真相就要出来了，不由得让人赞叹孟子的确是辩论的高手啊。

第④⑤⑥三段的证明貌似只针对总领的那个理由，其实它们还暗含了第二个理由，并由此引申出第三个理由。

暗含的理由是：每次由乱到治，都会出来一个圣人——第一次由乱到治，是大禹；第二次由乱到治，是周公；第三次由乱到治，是孔子；你看这个暗含的理由是不是在④⑤⑥三个段落里已经讲清楚了？

引申出的理由要干嘛用呢？这就要看第⑦段了。这一段里，孟子叙述了今天的情况"圣王不作，诸侯放恣，处士横议，杨朱、墨翟之言盈天下"，很明显又是一个乱世。按照前面申说的第一个理由，乱世之后必然该是治世；按照前面暗含的第二个理由，每次由乱到治必然要有一位圣人出来拨乱反正。是否你能悟出第三个理由呢？

到了第⑧段，图穷匕见。"昔者禹抑洪水而天下平，周公兼夷狄驱猛兽而百姓宁，孔子成春秋而乱臣贼子惧"三句是暗含的第二个理由的展现。引申出的第三个理由也不言自明：今天，又到了该从乱世走向治世的时候了，按规律又该出来一位圣人向乱世发动总攻击了。那么，我虽然不够圣人的资格，但我愿意像那些圣人一样勇敢地进行战斗，所以"我亦欲正人心，息邪说，距诐行，放淫辞，以承三圣者"，担当起历史交给我的责任，那么，我"岂好辩哉"？予纯粹是"不得已"啊。说到这里，你能明白为什么我在解读的开头一再强调要阅读出一种"被误解而深感委屈，但内心十分坚定"的语气来吗？孟子是用这句话给全篇结尾的："能言距杨墨者，圣人之徒也"——我虽算不上圣人，圣人之徒的名分总是可以担当的吧！

我们再总结一下全文的议论逻辑吧：

议论缘起：外人都说我好辩。

中心论点：我好辩不是自己愿意辩，而是为担当历史重任才好辩的。

证明：

分论点一：历史的演进总是一治一乱,交替出现的。

分论点二：每次由乱到治,都要出现一位圣人拨乱反正。

分论点三：现在又是该由乱到治的时代了,又会出现一位圣人,我愿勇敢担当。

结论：不是我本性好辩,而是为了社会国家,必须担当"好辩"的重任。

孟子不仅是好辩,更是善辩。第④⑤⑥三段的论据,被他发挥到了极致,而又用得十分干练,仅仅出现一次,毫不啰嗦重复。另外,本篇议论文用的是联言式的演绎推理(公式:A,而且B。现在是A,那么B)：

大前提：历史总是一乱一治,由乱到治必然要有一位圣人出来担当。

小前提：现在又是该从乱世转向治世的时候了。

结　论：所以必须要出来一位圣人(或是圣人之徒)担当历史重任了。

引申结论：我就是要承当历史赋予责任的"圣人之徒",所以我才会采取"好辩"的人生态度。(其中也含一个假言式的演绎推理：凡是要担当历史重任的,都要坚持宣传真理、敢于辩论。我是要担当历史重任的,所以我要坚持宣传真理、敢于辩论。)

说到这里,您能不能理解孟子在另一处所说过的话："如欲平治天下,当今之世,舍我其谁也？"(《孟子·公孙丑下》)——他竟如此自信且自强啊！

思考提示

一、建议本篇与《谏逐客书》比照阅读。《谏逐客书》是常态议论文的代表,《外人皆称夫子好辩章》则属于变式议论文的代表。常态的是学习的主要目标,帮助学习者掌握议论文写作的一般规律,而变式的属于作者的独特思考与创造,可以学习可以模仿,但因为它需要论题和论据的独特条件而很难简单复制。这一点一定要想清楚。

二、本篇议论文的基本论证方法是演绎推理,可以选择相关书籍学习一下演绎推理的形式及功能,并学习怎样把它应用到自己的议论文写作中去。

三、孟子在本文中表现的社会发展观,是有点问题的。其一,他用的是机械循环论——人类社会总是治与乱的交替,循环前进;二是英雄史观——历史的关键时刻只能依靠圣人解决社会矛盾,请注意理解。

附:议论思路

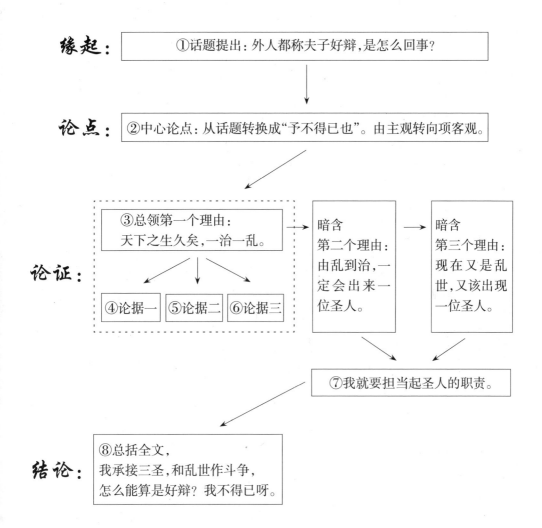

缘起:①话题提出:外人都称夫子好辩,是怎么回事?

论点:②中心论点:从话题转换成"予不得已也"。由主观转向项客观。

论证:
③总领第一个理由:天下之生久矣,一治一乱。
④论据一 ⑤论据二 ⑥论据三

暗含第二个理由:由乱到治,一定会出来一位圣人。

暗含第三个理由:现在又是乱世,又该出现一位圣人。

⑦我就要担当起圣人的职责。

结论:⑧总括全文,我承接三圣,和乱世作斗争,怎么能算是好辩?我不得已呀。

五 解读《邹忌讽齐王纳谏》

学习要点

1.本篇属于叙事型议论文,在叙事中完成一次完整的议论,可供借鉴与模仿。

2.本篇议论的主体证明方式为类比推理,掌握类比推理的逻辑过程以及本篇的思路结构。

知识准备

一、《邹忌讽齐王纳谏》选自《战国策·齐策》。《战国策》是中国古代著名历史著作,属于国别体史著(与通史相对,按朝代年代为依据做时间划分的,是断代史;按朝代区域为依据做空间划分的,是国别史),全书按东周、西周、秦、齐、楚、赵、魏、韩、燕、宋、卫、中山依次分国编写,分为12策,33卷,共497篇。它又是记载战国时以纵横家为代表的政治家的言谈与举止为主体的纪言体史著(另两种是记载人物生平功绩的纪传体史著,与记录重大事件的前因后果及前后经历的纪事本末体史著)。中国战国时代,七国争霸、战事绵延、政权更迭、风云变幻,本书很好地再现了纵横家们的游说言行,具有重要的史料价值,也是一部学习言谈、论辩的教科书。

《战国策》由西汉刘向校注编订;北宋时曾巩做过校补,成为今天通行的本子。

二、邹忌,《史记》作驺子、驺忌子,齐国人。田齐桓公(春秋战国有两位齐桓公,一是称为春秋五霸之一齐桓公,姜姓,名小白,公元前685年—公元前 643 年在位；田氏代齐后又有一位齐桓公，妫姓，田氏，名午，是战国时期田氏齐国的第三位国君，公元前 374 年—公元前 357 年在位。为避免混淆，田氏齐桓公通常也被称作田齐桓公、齐桓公午或蔡桓公）时任齐国大臣，齐威王即位后立志改革，遍求贤才。邹忌鼓琴自荐，任为相国，后封于下邳，号成侯。他在任时，修订法律，赏罚严明，并劝说齐威王广泛听取群臣吏民进谏，使齐国国力渐强，呈现中兴之势。

原　文

《邹忌讽齐王纳谏》

（汉）刘向编订

①邹忌修八尺有余，而形貌昳丽。朝服衣冠，窥镜，谓其妻曰："我孰与城北徐公美？"其妻曰："君美甚，徐公何能及君也？"城北徐公，齐国之美丽者也。忌不自信，而复问其妾曰："吾孰与徐公美？"其妾曰："徐公何能及君也？"旦日，客从外来，与坐谈，问之："吾与徐公孰美？"客曰："徐公不若君之美也。"明日，徐公来，孰视之，自以为不如；窥镜而自视，又弗如远甚。

②暮寝而思之，曰："吾妻之美我者，私我也；妾之美我者，畏我也；客之美我者，欲有求于我也。"

③于是入朝见威王，曰："臣诚知不如徐公美。臣之妻私臣，臣之妾畏臣，臣之客欲有求于臣，皆以美于徐公。

④今齐地方千里，百二十城，宫妇左右莫不私王，朝廷之臣莫不畏王，四境之内莫不有求于王：由此观之，王之蔽甚矣。"

⑤王曰："善。"乃下令："群臣吏民，能面刺寡人之过者，受上赏；上书谏寡人者，

邹忌家中揽镜与徐公比美

受中赏;能谤讥于市朝,闻寡人之耳者,受下赏。"

令初下,群臣进谏,门庭若市;数月之后,时时而间进;期年之后,虽欲言,无可进者。燕、赵、韩、魏闻之,皆朝于齐,此所谓战胜于朝廷。

解　读

本篇虽然属于记叙文,但记述了齐国相国邹忌的一次论辩活动,十分精妙,也是学习议论文议论与写作的一篇堪称典范的文章。

为讲述方便,我们做了一次新的层次划分。

本篇运用了类比推理。使用类比推理,一定是事物甲和事物乙相比较,本篇是邹忌拿自己在家里的遭际(事物甲)和齐王在朝廷里的遭际(事物乙)相比较。

第①段,叙事性议论文体必然要先介绍人物和事件,同时也是议论的缘起:论辩的辩主邹忌,是个帅气十足的美男子:修长,身高八尺(战国时代一尺约为今日七寸不足,折合今尺应为5尺6寸不到,也应高在1米80以上),而且形貌昳丽,标准的美男子。

漂亮的人往往自恋,不仅喜欢照镜子,还希望别人多夸夸自己的美丽,邹忌虽然贵为相国,也免不了这个俗。接下来就讲他这个带艺术性的行为:不但"窥镜",还问问身边伺候穿衣的妻子:"我和城北徐公俩人比较起来,谁更美呀?"问完妻子又问小妾,再问来访的客人,答案当然都是一致的:"您比城北徐公漂亮多了!"洋洋自得的邹忌,不愧是个思想者,这么多人夸,倒也能保持清醒的头脑。城北徐公来访,他看看徐公,又想想自己,自己还真是不如城北徐公漂亮。

这一段交代了类比推理的事物甲。

若是纯粹的记叙文就要继续讲故事,但这是议论文,事物甲里含有什么特点? 这些特点表明事物甲的理念呢? 邹忌就要展开思考,当然记叙文也会描写人物的心理活动。邹忌在分析事物甲了:

事实证明,我本人不如徐公漂亮,但大家为何都不说实话呢?

妻子不说实话,原因何在? 是因为"私"我……

小妾不说实话,原因何在? 是因为"畏"我……

客人不说实话,原因何在? 是因为"欲有求于"我……

这是三个分析,找出自己向妻子、小妾与客人发出的"三问",却没有得到真实答案的原因。原因找出来了,邹忌其实也想明白了,但文章作者却压着不说,留到下一段见齐王时才揭开谜底,这是记叙文写作的一个技巧——留悬念,猜猜邹忌下一步该怎么行动。

第③段是一个非常重要的段落,开始引进类比推理的事物乙了。

这段叙事,讲自己的经历与思考,实际上是告诉齐王:请您准备,我先讲事物甲的特点和我思考的结论。

第③段讲的三件事,是论据,属于客观现实发生的事实论据,但它们不是本篇议论证明中心议题可以成立的理由,成立的理由类比到第④段里。

试想一下,邹忌如果只把事物甲的三个论据拿到齐威王那里去说:"我老婆说我比徐公漂亮"、"我小妾说我比徐公漂亮"、"来找我办事的客人说我比徐公漂亮",齐威王要不就是以为邹忌在和他拉家常,要不就以为邹忌有点犯神经了:你在家里发生的这些事跟我有什么关系?

辩者要做哪些转化工作呢? 第一,邹忌在"暮寝而思之"中做了这些工作:

妻子是家人,家人因为偏心,不说实话;

小妾是下人,下人因为畏惧,不说实话;

客人是外人,外人因为有求,不说实话。

于是,归纳出推论一:妻子、小妾、客人,几乎是我能接触的所有的人;

又归纳出推论二:我接触的所有的人,都因为和我本人的关系,不说实话,不告诉实情;

再归纳出推论三:所以我常常受所接触的人的蒙蔽。

第④段中虽然没有列出这三个推论,但这个思考过程与内容是不缺的,可以不写,但阅读的人不可以不想清楚。

邹忌思考出这三个推论后,他上朝去做第二个转化了:

我的妻子私我,不说实话——→您的宫妇左右也会私您,也不说实话;

我的小妾畏我,不说实话──→您的朝廷之臣也会畏您,也不说实话;

我的客人有求于我,不说实话──→您的四境之内也有求于您,也会不说实话。

既然这些属性全都相同,所以关于我的三个结论,在威王您这里也完全适用:"我之蔽甚矣",同样,"王之蔽"也"甚矣"。

论证结束,第⑤段交代议论的结果,齐威王心服口服,同时马上采取措施,颁布了三赏之令。其效果不仅成立在齐国境内,而境外的燕、赵、韩、魏诸国,也都纷纷前来朝拜表示臣服,"皆朝于齐"。

本篇的议论十分精妙的原因,首先在于类比推理的使用:

其一,一般都说类比推理是一种特殊推向特殊的推理,但其实它是一个从"特殊"推向"一般",即归纳,再从"一般"推向"特殊",即演绎的过程,邹忌是这样处理这次推理的:

> 特殊:妻子、小妾与客人由于与我的关系,都没有说实话,让我受了蒙蔽;

↓↓(归纳)

> 一般:所有的人都有这同样的与家人、下人与客人的关系,所以也都会受蒙蔽;

↓↓(演绎)

> 特殊:齐王也有这样的关系,而且因权力更大,所以受蒙蔽会更严重。

所以,类比的实际操作是:归纳+演绎。

其二,从特殊到一般的过程,作为归纳推理属于外延扩张,这种推理是比较危险的,很容易出错。它要求所选择的论据必须和论点有合理的逻辑关系:或是所有的情况全部述及即完全归纳,或是所选择的情况与归纳的结论有清晰的科学关系即科学归纳。邹忌两者都做到了,家人、下人、客人三类人可以涵盖全部社会关系了,而三类人所以会蒙蔽主人,则是因为"私"、

"畏"、"求"三种利益关系所造成,这是一种科学的分析。本议论的这个过程是非常圆满的,所以具有强大的说服力。

演绎部分,只要不出现偷换概念一类的问题,论证通常都是可靠可信的。

综合这两点,本篇的类比推理,清晰,明确,没有歧义,论证可靠。

其次,我们要搞清楚,写文章时的思路与书写,那是两个层面的东西。写文章一定要讲求布局谋篇,所谓布局,是考虑好全篇文章的整体结构;所谓谋篇,是理清楚全篇文章从起点到终点的绵延思路。思路可以从一到十地在文章里清晰表现出来,譬如《论语·季氏》、《答韦中立论师道书》;也可以跳宕、缩略,或是回环、倒转,甚至深藏、含蓄,让读者在阅读中得到探索的乐趣。总之,思路不管如何变化,它一定是完整的、连续的,而成为文章的脉络,也称文脉。但写作则可以或详或简,甚至草蛇灰线、烛光灯影,但一切都要在思路的掌控下前行。

其三,通过本篇我们发现,通常语文教科书上讨论议论文时关于论据的说法,并不科学。学习写作的人往往以为:有了事实材料或是经典言论,就可以拿来直接证明议题的正确了;但真的写起来,这种可以用来直接做证明的论据材料实在少之又少;即便可以用,也往往会出现不能科学归纳的毛病。我原来希望建立一个新的论据概念:除去客观事实和经典言论两种论据之外,再建立一个"论者经过思考研究得出的理由"论据,但发现前两种论据依然要经过论者整理分析,所以采用本书倡导的分析体系"论点—理由—论证"体系;正如邹忌"暮寝而思之"那样,把客观事实归纳成理由,成为中心论点"王之蔽甚矣"的论据;而它们本身恰又需要妻私、妾畏、客求这些事实论据的支撑。

从文章的布局角度来看,全文五个段落,可以划分这样四大层次:

第①段"起",文章的起笔,议论事件的发起;

第②段"承",事件甲发生后,邹忌对事件甲的思考;

第③、④段为"转",从事件甲转到事件乙,引发新的议论,并得出结论;

第⑤段"合",收束全文,事件乙的主体齐王接受劝谏,使国家强大。

思考提示

类比推理近来受到越来越多的重视,并通过一些特别的考试考察学生的思维能力与判断能力,例如国家公务员考试开始引入类比推理内容,本文在此对它做一些简单介绍。

类比推理面对具有相同属性的两个对象,得知一个对象具有一个新的属性,由此则推理判断另一个对象也可能具有这个新的属性,其公式为:

第一步,认定甲对象,具有属性 A、B、C、D、E;

第二步,认定乙对象,也具有属性 A、B、C、D、E;

第三步,发现甲对象,还具有新属性 F;

第四步,做出类比推理:判断乙对象,也(可能)具有新属性 F。

所以加入"可能",因为它具有或然性,类比推理可能成立,也可能不成立。我们在分析《邹忌讽齐王纳谏》时,对于"我",列举出来的三种人基本概括人际关系的全部,而所以会让邹忌受蒙蔽,其基本原因也分析出来为"私"、"畏"、"有求",符合人之常情,所以推理可靠。当然生活中也会有反例——有人生性耿直,总是实言相告,像《皇帝的新衣》里的那个孩子,所以类比推理基本上只能判定说"有这种可能"。检验的最终标准仍然在客观的实践。

类比,甚怕机械类比,在事物甲与事物乙之间,只寻找表象的相似,这样的推理结果是非常危险的。《邹忌讽齐王纳谏》的类比推理所以有效,在于他对各自都做了科学分析:妻子与宫妇左右都会因为"私",小妾与朝廷臣子都会因为"畏",客人与四境之内都会因为"有求",才使邹忌与齐王都会受到蒙蔽。这个类比推理能够成立,都是因为各自的三个分析成立。我们看下一个例子,因为没有分析,只是机械类比,结论就相当不可靠:

地球是太阳系的一员,火星也是太阳系的一员;

地球是圆的,火星也是圆的;

地球上有四季,对火星的观测发现它也有四季。

那么,地球上有生物;所以,火星上也有生物。

太阳系的一员、形状是圆的、有四季的现象,这三者和生命有直接的科学关系吗?答案是没有,所以这个类比推理的结论就很不可靠,这就是机械类比。这种类比一定要防止。

附:议论思路

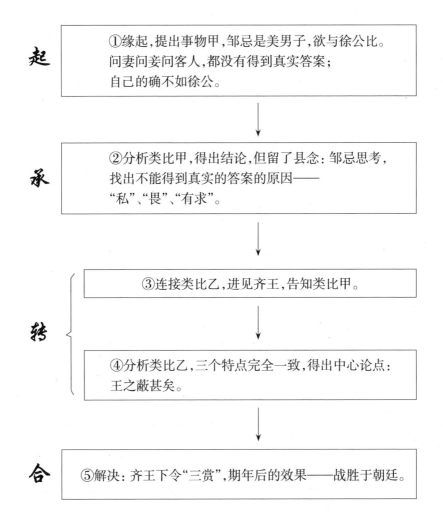

六　解读《论语·季氏将伐颛臾》

学习要点

1.由于书写工具的简陋,孔子及其弟子只能把当时孔子对冉有、季路的谈话要点记录下来,但可以发现,在思想的交锋中,议论是重要的沟通工具。孔子与冉有、季路的三番谈话,正是三次观念的论辩。请体会议论在日常生活中的重要地位及作用。

2.议论的基本格局是摆脱不了下述的思路模式:引发议论或论辩的话题—观点(中心论点)—若干分论点(支持中心论点的理由)—用各种论据对分论点进行论证,使之成立—收束,进行总结或提出解决办法。本篇的三次论证虽然精要,但不能脱开这个模式的格局,即使变化,也是在思路模式基础上的调整、变动。

3.议论文又有四种形态,成为四种文体,分别是议论文、论文、杂文、应用型议论文;它们各有功能作用,又有各种不同的表现格局。

知识准备

一、本篇选自《论语·季氏》。《论语》是弟子们记载儒家创始人孔子言论、行为的一本书,较为全面地体现了孔子的思想,是中国一部重要的文化典籍。孔子(公元前551年—公元前479年)名丘,字仲尼,春秋时鲁国人,中国古代著名思想家、政治家、教育家,位居联合国教科文组织评选的"世界十大名人"之首。

二、季氏,文中也称季孙氏,即季康子,姓季名肥,春秋时鲁国的大夫,把持了鲁国的朝政。颛臾,鲁国的一个属国,方位约在今天山东费县西北。季氏认为颛臾有可能成为自己谋权路上的障碍,便找借口欲发兵灭掉颛臾,但又顾忌此时正在鲁国做官的孔子对此举的态度,便派了自己的家臣冉有和季路登门探问孔子的口风。冉有和季路是孔子的学生。冉有,名求,字子有;季路,姓仲名由,字子路。孔子严厉批评了自己的学生不能推

孔子像

行和坚持自己的政治理念,反而为虎作伥。比起后来的孟子,孔子的态度已经和缓多了,但仍是非常有力的批驳,并在批驳中阐明了儒家的治国思想。

原　文

《季氏将伐颛臾》

(先秦)孔子及其弟子

①季氏将伐颛臾。冉有、季路见于孔子曰:"季氏将有事于颛臾。"

②孔子曰:"求,无乃尔是过欤?

③夫颛臾,昔者先王以为东蒙主,且在邦域之中矣,是社稷之臣也。

④何以伐为?"

⑤冉有曰:"夫子欲之,吾二臣者皆不欲也。"

⑥孔子曰:"求! 周任有言曰:'陈力就列,不能者止。'危而不持,颠而不扶,则将焉用彼相矣? 且尔言过矣,虎兕出于柙,龟玉毁于椟中

⑦"是谁之过欤?"

⑧冉有曰:"今夫颛臾,固而近于费,今不取,后世必为子孙忧。"

⑨孔子曰:"求! 君子疾夫舍曰欲之而必为之辞。

⑩丘也闻有国有家者,不患寡而患不均,不患贫而患不安。盖均无贫,和无寡,安无倾。夫如是,故远人不服,则修文德以来之。既来之,则安之。

今由与求也，相夫子，远人不服，而不能来也；邦分崩离析而不能守也；而谋动干戈于邦内。吾恐季孙之忧，不在颛臾，而在萧墙之内也。"

解　读

　　书写《论语》的时代，还没有笔没有纸，文字都要刻到竹简上，所以不会长篇大论，洋洋万言。《论语》在诸子百家中该属于第一代，即孔子与墨子（约公元前479年—公元前381年）的时代，他们的文章只能表现为语录体的状态。捎带说一下，孟子与庄子属于第二代，文章写得稍微长一些，开始顾及首尾呼应、起承转合了；第三代是荀子与韩非子，文章的篇幅比第二代长得多，内容也丰富得多。所以，文章的进步与书写工具是有直接关系的。

　　孔子的文章虽然短，作为议论的要件却是一个都没有少的：论点、理由、论据、论证，总之，既然是议论就要说服人。为了理清这次孔子面对自己的学生冉有和季路进行的辩论，我们仍然分出层次，并标上序号。只是这个层次没有顾及它们的标点，因为我们讨论的是议论问题。

　　划分了层次之后，我们发现，不过300余字的短文，竟然有这么丰富的内容：一共进行了三次议论，我们用空行把它们分割开来。

　　第①段，是展开这次议论的事由：季氏想对颛臾用兵，季氏的家臣冉有和季路来探老师孔子的口气。

　　第②段，孔子毫不客气，摆出了自己的论点：恐怕得责怪你们吧——话中之意很明确：你们要做的这件事是完全错的！此外，这个论点也可以看作是孔子的总论点——孔子没有冲着季氏发火，而是冲着自己的两个学生发火，如果还能算是发火吧，反正孔老师没给自己的学生好脸色。

　　第③段，列举了用来驳斥的三条理由：理由一，颛臾是先王确定的东蒙的主人，历史事实如此；理由二，颛臾是同姓同宗的自己人；理由三，又是鲁国朝廷的大臣。这三个理由暗含的前提是：只有国家对国家才可以用"伐"，自己人打自己人就完全是内讧。三大理由说罢，自己的论点成立，所以第④段再次强调自己的论点：凭什么去攻打颛臾？

以上是第一次议论：冉有与季路，你们跟着主子想打颛臾，是没有任何根据的。

第⑤⑥⑦三段是第二次议论。

在第一次议论失败后，冉有和季路继续为自己辩护："是季氏要这样做的，我们两个人并不愿意。"第⑤段是第二次议论的事由，孔子继续进行驳斥。

第⑥段的驳斥，孔子仍然举了三条理由：理由一，名人周任的话：有能力就去做需要做的事，没能力就老老实实退出来；理由二，给贵族做助手，看到危险不出力，见到摔倒不搀扶，这助手有什么用；理由三是喻证，老虎犀牛从笼中跑了，珠宝珍玩在盒子里毁了，责任人的职责所在呢？

第⑦段，再次强调老师自己的观点，用了重复的话"是谁之过欤"，看来老师是相当地生气了。

第三次议论从第⑧段开始。两个学生实在逃不掉老师的指责了，只好把发动战争的真实目的说了出来：颛臾国的国防又稳固，又和费城很近，现在不解决将来可能会成为麻烦，也许季氏攻打颛臾的计划就是这两个学生策动的吧？

大约冉有在俩人中是领头的，孔老师三次都点了冉有，第一次是一般的称谓，还带有点商量的语气："恐怕得责备你们吧……"，第二次就是不客气的点名了："求！"大有"你好好听着"的口吻。第三次呢，根本就是怒不可遏了："你还配当我的学生吗？"劈头盖脸地说出自己的看法："君子最讨厌那些表面不说'想怎样怎样'却还给自己的行为找借口的人"，第⑨段是第三次议论的论点，指出冉有二人以及季氏从治国的根本原则上就是错的。理由是什么？可看第⑩段：

理由一：治国的原则就是要讲政治，要"患不均"、"患不安"，就要好好修文德；理由二，你们两个人根本就没有按我要求的原则来做；理由三，你们两个学生不称职，不但不按我说的去相夫子，反而还出了一堆馊主意，竟然在国家内部挑动战争。最后归纳后果："吾恐季孙之忧，不在颛臾，而在萧墙之内也。"

短短几百字的议论,可以从中学到些什么呢?

第一,孔子是个圣人,是个思想家,但说服人的能力也是相当强大的。短短几百字,就完整地完成了三次议论,而且是由表及里、步步深入的。冉有季路,开始只是报个信探探口风;接下来推诿说不是自己的责任;跟着就不得不陈述要攻打颛臾的真正理由。三次议论,一方步步为营,一方穷追不舍;火药味很浓,却句句都说在理上,让对方完全陷进了议论逻辑的大海之中。

第二,开头已经说过,当时书写的工具很差,文章的篇幅不可能很长,很多细部的内容只好压缩。但核心点如论点、理由包括关键论据是不能简省的,本篇可以说是简省式议论的典范。

第三,议论文在现代的发展约有四种趋势。

第一种仍是规范的议论文,主要用于平面媒体的社论社评,讲求说理的完整性和严谨性,篇幅在一二千字左右。

第二种是论文,或称理论论文、学术论文,是对新思想、新理论的发掘与陈述,应用面较窄,要求更为完整严谨,并富于系统性,以"导论—本论—结论"的结构出现,篇幅可在六千字以上,更甚者多达数万字以至数十万字。

第三种为杂文,是规范议论文与文学结合的新型议论形态,其突出的特征则是:一要文笔活泼,不受论题拘束,论据可以古今中外,广泛博引但须不离其宗,二是论证不需规范,论点、论据甚至论证可以缺一甚至缺二,全需读者自己在议论的行文中在思路上串通。杂文的代表是鲁迅,鲁迅的文章有时难懂,原因大概在此。

第四种为应用型议论文,本篇即为典范。阅读和写作应用型议论文一定要注意使用现场中论辩双方的关系以及论题的语境。先秦诸子百家中孔子、墨子、孟子著文,或是语录体或是问答体,阅读时要多体会。而其现代应用,主要表现在新闻发布会、电视栏目中的新闻述评、法律诉讼中的当庭答辩等,以及许多当代作者喜欢写作的随感,甚至包括网络上发帖跟帖的互辩等等。

思考提示

一、一个事件发生,要展开辩论,一定要抓住重点:问题的核心是什么?对方说出了这件事,孔子就批驳此事做得毫无道理,对方再说此事与己无关,孔子就紧逼上去:你们的职责在此,怎会无关? 对方只得说出如此做的真正心思,那就正面阐述治国究竟应该怎么干,并指出对方所做将会导致的后果。所以应用型议论文的写作要把论辩的关系与语境想明白,抓准要害,一击制敌。

二、写议论文,我仍然强调要建立"理由"的概念。只谈论据,论据的出处只有两种,一种是客观事实,如"昔者先王以为东蒙主"、"且在邦域之中"、"是社稷之臣";另一种是客观公认道理,如"陈力就列,不能者止"、"虎兕出于柙,龟玉毁于椟中"。如果建立"理由"概念,就可以把自己研究出来的观点作为理由使用,如本文中的"焉用彼相"——其论据是"虎兕出于柙,龟玉毁于椟中"(注意:这个喻证只说了喻体而没有说本体"饲养员和保管员是有直接责任的"),以及孔子提出的若干治国之道,譬如"均无贫,和无寡,安无倾"、"修文德以来之",虽在此处没有用论据证明,但两个学生应该是清楚的。建立"理由"概念,论据的来源就非常丰富了。

三、成语是在使用语言中结出的思想之花,既被后人喜爱而成为习语或典故,这是一个文化的宝库。阅读中要注意积累,本文就有"东蒙主"、"社稷之臣"、"陈力就列,不能者止"、"均无贫,和无寡,安无倾"、"既来之,则安之"、"分崩离析"、"祸起萧墙"等多个。写作者要有一种"语不惊人死不休"的觉悟,为文化宝库的丰富做出贡献。

附：议论思路

本文有三次论辩。

论辩一：

①话题：冉有子路二人报告季氏将伐颛臾。
②中心论点：要责备你们。
③证明：三个论据作为三个理由。
④收束：质问为什么要讨伐。

论辩二：

⑤话题：冉有说不是我们的主意。
⑥中心论点+理由：用直呼其名表达不满的观点。
　　　　　　　　也是三个论据作为三个理由。
⑦收束：驳斥冉有的观点。

论辩三：

⑧话题：冉有说出真实的思想。
⑨中心论点：君子最痛恨这样的人。
⑩证明：陈述自己的三个主张作为理由证明，并以担心收束议论。

七　解读《虞师晋师灭夏阳》

学习要点

1.议论,有面对面的观点交锋,形成论辩,结果是分清对错,可以定名为"纠偏式议论",如《季氏将伐颛臾》《外人皆称夫子好辩》《谏逐客书》等。议论还可以对某人某事作出鉴定,给予评价,结果是定性好坏,可以定名为"评判式议论",如《齐桓晋文之事章》里孟子对齐宣王"以羊易牛"一事的评价。纠偏式议论强调推理,评价式议论强调判断。此外还有第三种,在《邹忌讽齐王纳谏》中得到使用,即邹忌见到自己的妻子、小妾和宾客对自己是否比徐公美作出不真实的答案后所进行的分析,得出新的判断:私我、畏我、有求于我,并归纳出"我受蒙蔽甚矣"的结论性判断,这种判断可称为"分析式议论"。

本篇以评判式议论为主。

2.在思维逻辑中,判断是相当重要的内容,它不仅是从概念到实际的应用,而且是表达观点、进行推理而说服他人的基础。在议论中,中心论点、理由(分论点)都是由判断构成的。一个人做出判断的能力,是衡量他的感知能力、思辨能力、决策能力的核心。本书只能就文章谈判断,无法系统介绍,需要读者自行习修关于判断的知识。

3.本篇因以著者视角出发,多取评论式议论手法,视点比较跳动,阅读起来有一定难度,教师要认真指导。

知识准备

一、本篇议论文的核心事件是大家非常熟悉的一个历史故事，它不仅留下了"辅车相依"、"唇亡齿寒"等成语，而且被直接收入了"三十六计"，成为它的第二十四计"假道伐虢"。记载此事件最清晰的文献是《左传》，"僖公五年"时候，晋献公向邻国虞国借道，要去攻打虢国，并许诺送给虞国国君四匹千里马和一块名贵玉璧。虞国大夫宫之奇看穿了晋国的阴谋，劝谏虞公不要贪图小利，并表述了"辅车相依，唇亡齿寒"的道理。但虞公不听，宫之奇只好带领族人离开虞国。果然借道之后，晋国灭掉虢国，回师时顺便又灭掉了虞国。《左传》对此事件的叙事是从虞国的视角进行的，着重于宫之奇和虞公之间的对话以及虞国被灭的过程。

《虞师晋师灭夏阳》选自《谷梁传》，谈的也是这一事件，但视角是晋国，以晋国大夫荀息劝晋献公采用假道伐虢的计谋灭虞作为叙事中心。《谷梁传》，与《左传》、《公羊传》并称为"春秋三传"，都是为《春秋》作传的著作。本篇标题"虞师晋师灭夏阳"即为《春秋》经文的原话，正文则是《谷梁传》的传文。三传各自侧重点不同。东晋经学家范宁在《春秋谷梁传经解》中评论"三传"说："《左氏》艳而富，其失也巫。《谷梁》清而婉，其失也短。《公羊》辩而裁，其失也俗。"大意是《左氏传》叙事华丽且充分，但不足在于多叙鬼神之事。《谷梁传》叙事清通且含蓄，但不足在于过于简略。《公羊传》叙事重在辩论且精于剪裁，但不足在于欠缺精彩。这个评价还是比较公允的。

二、春秋时期，晋国是北方大国，姬姓，属地在今山西、河北南部，都城为绛（今山西省翼城县东南）。虢国，也是周初始封的姬姓诸侯国，有东、西、北虢之分，东虢、西虢已先亡于郑、秦。晋献公所伐为北虢，属地为今河南三门峡市与山西平陆一带，建都上阳（今河南省陕县李家窑村）。虞国在晋、虢之间（今山西平陆县北）。据《史记·晋世家》记载，晋伐虢的理由是虢国在晋国内乱中支持了他先君的政敌。但要攻打虢国，若不走虞国境内道路的话，就要翻越中条山，给攻伐带来极大困难，所以晋献公的大臣荀息为他出了假道伐虢的计策。夏阳,虢国一座城市,在今山西平陆县东北约 35 里。《左传》作下阳,夏、下同音通假。师,春秋时军队编制单位,《荀子·礼论》:"师旅有制。"注曰五百人为旅,五旅为师。文中说"虞无师",因为虞是小国,无权拥有 2500 人的军队,但它帮助晋国攻占了虢国的夏阳,所以经文中说"虞师晋师灭夏阳",借以讽刺虞公无道。

三、本篇涉及四个人物,晋国方面是晋献公、大臣荀息,虞国方面是虞公、宫之奇。

晋献公(?—公元前 651 年),姬姓,晋氏,名诡诸。他在晋国历史上是一位名声显赫的国君,曲沃武公之子,即位后,对内用士蒍之计,尽灭曲沃桓公、庄伯子孙,巩固君位;对外攻灭骊戎、耿、霍、魏等国,击败狄戎,又采用荀息假道伐虢的计策,消灭了强敌虢国、虞国,史书上说他"并国十七,服国三十八",为他的儿子重耳成为春秋五霸之一打下了坚实基础。

荀息(?—公元前 651 年),晋献公大夫,食邑于荀,亦称荀叔。献公病危时任荀息为相托以国政,晋献公死后,荀息死于宫廷内乱。本篇文章与《左传·宫之奇谏假道》相映成辉,表现出荀息作为政治家的老谋深算,而"假道伐虢"的这个谋划,则来源于他对客观事物与人性的准确认知。

虞公,资料不详。作为虞国的国君,虽然疆域不大,但他也是周朝王室的后裔,与作为相邻之国的虢国有一种唇齿相依的关系。虢国的虢公曾在周王室执政,曾多次代表王室公开支持晋国国君晋侯,并派遣虢军征伐当时窥伺晋国大权的曲沃武公,而被晋献公视为大患。晋献公成势以后,欲向中原发展,虢国便成了他必须除掉的屏障。而虞公既不能看出虞虢结盟的重要价值,也因贪欲成辜而根本不愿接受宫之奇的劝谏,最终国家灭亡,自己也成了晋军的俘虏。历史对虞公的记载除了"假道伐虢"一事之外,还有一则"匹夫无罪,怀璧其罪"的故事说明虞公的贪婪:虞公的弟弟虞叔拥有一块美玉,虞公知道了,向他索求。虞叔开始没有答应,但过后就后悔了,说:"周人有句俗话,叫'匹夫无罪,怀璧其罪'(普通人是无罪的,但怀里有块美玉就是罪过),我还是把玉献出去吧。"虞公得到了玉,不久又听说虞叔手里还有一把宝剑,又来讨要。虞叔非常愤怒,说:"是无厌也,无厌将及我。"(这就是不满足啊,不满足就会杀掉我),于是起兵讨伐虞公,虞公不敌,逃到共池才躲过一场灾祸(事见《左传》)。但他并没有从中接受教训,宫之奇的劝谏不起作用,甚至使他不得不携家出逃。虞公的故事说明贪婪不仅会堵塞人的眼睛与耳朵,更会吞噬人的心灵甚至导致国家的灭亡。

宫之奇,虞国大夫,汉末刘向在《说苑·尊贤》一文中评价他,说是"虞有宫之奇,晋献公为之终死不寐。"虞国的灭亡,与虞公逼走宫之奇有直接关系,可参看《宫之奇谏假道》一文解读。

原 文

虞师晋师灭夏阳

(先秦)谷梁赤

①非国而曰灭,重夏阳也。

②虞无师,其曰师,何也?以其先晋,不可以不言师也。

③其先晋何也?为主乎灭夏阳也。夏阳者,虞、虢之塞邑也。灭夏阳而虞、虢举矣。

④虞之为主乎灭夏阳何也?晋献公欲伐虢。

⑤荀息曰:"君何不以屈产之乘、垂棘之璧,而不借吾道,则如之何?"荀息曰:"此小国之所以事大国也。彼不借吾道,必不敢受吾币。如受吾币而借吾道,则是我取之中府,而藏之外府;取之中厩,而置之外厩也。"

⑥公曰:"宫之奇存焉,必不使也。"荀息曰:"宫之奇之为人也,达心而懦,又少长于君。达心则其言略,懦则不能强谏;少长于君,则君轻之。

⑦"且夫玩好在耳目之前,而患在一国之后,此中知以上乃能虑之。臣料虞君中知以下也。"公遂借道而伐虢。

⑧宫之奇谏曰:"晋国之使者,其辞卑而币重,必不便于虞。"虞公弗听,遂受其币,而借之道。

⑨宫之奇又谏曰:"语曰:'唇亡齿寒。'其斯之谓与!"挈其妻、子以奔曹。

⑩献公亡虢,五年而后举虞。荀息牵马操璧而前曰:"璧则犹是也,而马齿加长矣。"

解　读

首先需要说明，本篇不长，但为了分析，不得不在标号时把原文打得散碎了些，又因为要照顾到分析的层次，所以也不再顾及段与句的原有层次，全都顺着议论的思路来进行解读。这样全文分成了十段。

其次，这篇"议论文"也属于叙述及议论史实的散文。内中虽然含有说服与被说服的关系（荀息与晋献公，宫之奇与虞公），但并不描写他们之间如何辩论，而是表现作者谷梁赤或是直接阐发或是借荀息之口对这一历史事件所做的评论。我们已经读过作者和读者直接面对面交锋辩论的议论文，如《谏逐客书》、《谏迎佛骨表》、《答韦中立论师道书》等，也读过记叙双方论辩的议论文，如《外人皆称夫子好辩章》、《季氏将伐颛臾》等。本篇属于议论文的第三种类型：核心不在于辩论，而是对客观世界的某个问题进行评论，评论也是议论，有中心观点，有对中心观点的论证以及为论证提供的种种理由或论据。这种议论文一般都显得比较平和，在平和中辨明是非或道理。本篇划分的十个段落，便是对"假道伐虢"历史事件的十次评论。

评论，是议论者对于所面对的人、事、物，做出自己的评价。这种评价，以表层的或直接的方式，一种是认为对方是"对"或是"不对"，属于对对方观念的纠偏，可称为"纠偏式判断"；第二种是认为对方"好"或是"不好"，属于对对方言行的评判，可称为"评价式判断"。两种情况，都是对对方做出一个表态性的判断。公式是：

S 是 P

S 是被评判的人、事或物；P 是评判者对 S 所做的属性的判定，用系词"是"将对象和属性两个概念联系起来，称为判断。

除了直接的表态式判断"对，不对"和"好，不好"之外，还有一种深层次的判断，即通过对对象做深入的属性判断，证明自己的"对，不对"和"好，不好"的判断能够成立。这种判断表现了议论者对客观的剖析、认知能力。我们在《邹忌讽齐王纳谏》中已经领略过邹忌的判断能力：家人是"私"我的，下人是"畏"我的,客人是"有求"于我的,再归纳出一个新判断:所以,他们都是蒙蔽我的。然后再做出一个关于齐王的判断:您受蒙蔽,是比我更厉害的。这种深层次判断,我称为"分析式判断"。

所以,进行议论的基础,是一个人的判断能力——他能做出什么样的判断,这判断是否能够超出常人而给读者带来新的认知。

我们来看一下谷梁赤在"假道伐虢"事件问题上的十次评价吧。

①非国而曰灭,重夏阳也。

——夏阳不是国家,《春秋》却说成"灭",这是《春秋》对夏阳的重视。这是评价式判断:虞国帮助晋国占领虢国的夏阳,是国与国关系的严重事件。

②虞无师,其曰师,何也?以其先晋,不可以不言师也。

——虞国没有出兵,《春秋》却说是"虞师",这是判定虞国在晋国出兵之前,已经把夏阳置于死地,判断中心句为:虞国没出兵等于出兵,也是国与国关系的严重事件,属于评价式判断。

③其先晋何也?为主乎灭夏阳也。夏阳者,虞、虢之塞邑也。灭夏阳而虞、虢举矣。

——《春秋》为何把"虞师"放在"晋师"之前?是虞国帮助晋国拿下虞与虢边塞的这座城市,夏阳灭了,虞国与虢国也就被晋国拿到手了。判断中心句是:虞国是帮助晋国吞并虢、虞两国的祸首,这更表明灭夏阳的严重性,属于评价式判断。

以上三个判断是《谷梁传》作者谷梁赤对《春秋》经文的分析,用了三个判断完成。接下来从④到⑦四个判断是荀息为晋献公做出的,使晋献公下了决心假道伐虢。

④虞之为主乎灭夏阳何也?晋献公欲伐虢。

——第④个判断是纠偏式判断,同时将对《春秋》经文的评论转换到对"假道伐虢"的评论。这个判断的核心句是:《春秋》对虞为祸首的评价是针对晋献公欲伐虢的事件所发的。

⑤荀息曰:"君何不以屈产之乘、垂棘之璧,而借道乎虞也?"公曰:"此晋

国之宝也。如受吾币而不借吾道,则如之何?"荀息曰:"此小国之所以事大国也。彼不借吾道,必不敢受吾币。如受吾币而借吾道,则是我取之中府,而藏之外府;取之中厩,而置之外厩也。"

——荀息向晋献公提出为借道向虞公送去厚礼的建议,晋献公担心虞公收了礼却不借道。荀息做出判断:收了礼就得借道,是小国面对大国必须做的事情。本判断为分析式判断。

⑥公曰:"宫之奇存焉,必不使也。"荀息曰:"宫之奇之为人也,达心而懦,又少长于君。达心则其言略,懦则不能强谏;少长于君,则君轻之。"

——晋献公又担心虞国有宫之奇在,借道的实现恐怕有困难。荀息对宫之奇的弱点做了评价式判断:达心而懦,又少长于君的宫之奇,是不会起作用的。

⑦且夫玩好在耳目之前,而患在一国之后,此中知以上乃能虑之。臣料虞君中知以下也。"公遂借道而伐虢。

——荀息又进一步评论虞公:中等智力水平以下的虞公,是看不到收礼所掩盖的祸患的,属评价式判断。

有了荀息做出的⑥和⑦两个判断,晋献公决定向虞国借道。而接下来的第⑧和第⑨两段的叙述,验证了荀息对宫之奇的两个判断是正确的,属于表态式判断。

⑧宫之奇谏曰:"晋国之使者,其辞卑而币重,必不便于虞。"虞公弗听,遂受其币,而借之道。

——客观事实证明,荀息对宫之奇做的第一个判断"达心而懦,又少长于君……则君轻之"是完全正确的。这是以叙事为表现形式的表态。

⑨宫之奇又谏曰:"语曰:'唇亡齿寒。'其斯之谓与!"挈其妻、子以奔曹。

——客观事实又证明,荀息对虞公对"唇亡齿寒"这个中等以下智力都懂的道理都不懂的判断也是正确的。这也是以叙事为表现形式的表态。

第⑩个判断叙述了事件的结局,并以"好,不好"的判断对荀息的分析与策划做出了整体评判:璧还是那个璧,只不过千里马老了点,但这点代价与占有了虞与虢两个国家相比,成果不是大得很吗?

⑩献公亡虢，五年而后举虞。荀息牵马操璧而前曰："璧则犹是也，而马齿加长矣。"

——整个事件的结局，以荀息"牵马操璧"的行为做出总结式表态判断："假道伐虢"的计谋是非常好的。

评论也属于议论，评论就是评价，评价就需要做出判断；不仅对评论如此，辩理性的议论更需要判断。判断能力的高低以及判断结论的深浅，决定议论和评论的质量，这不是仅仅有个表态就能解决问题的。

思考提示

一、本篇虽然被零碎地切割成了十个段落，或说是十次评价，但它也仍然合乎议论文章的布局结构。第①至第③段，是对《春秋》经文的评价性介绍，属于议论的缘起。第④段引到本篇议论的核心事件——晋国要"假道伐虢"上来，而且中心论点十分清楚，就是"虞之为主乎灭夏阳"——夏阳作为虢国与虞国的核心利益被晋国攫取了，罪魁祸首就在于虞国以及贪婪而无远见的虞公。第⑤至第⑨段是对这个中心论点的论证，三大理由则是第⑤段的"小国所以事大国"的客观规律，第⑥段对宫之奇可能会产生作用的分析，第⑦段对贪图眼前利益而毫无远见的虞公的分析。第⑧、第⑨两段则是对第⑥、第⑦两段两大理由进行证明的事实论据。第⑩段是对全文的收束，既交代了事件的结局，同时又呼应了第⑤段里所云：用美玉送礼不过是"取之中府，而藏之外府"，用千里马送礼不过是"取之中厩，而置之外厩"的正确性。全文十次评论组成的四大层次，起承转合的结构处理得妙手天成。

二、本篇解读，首次把判断引进了对议论文的解读，这是一个新课题，思考还不近成熟，但判断作为议论的基础是毫无疑义的：议论文的中心论点是判断，而为证明中心论点所设置的理由也是判断，而在众多的事实论据与言论论据中选取哪些来为自己的理由服务，本身就是多个、多次选择、判断、决定的过程。判断又可以分为直言判断、或然判断、复合判断等多种形式，本篇也首次谈到判断的功能有表态式判断和分析式判断，并就文章作了分析。

要写好议论文,对判断的阅读与理解一定要深下功夫。

判断的重要性不言而喻,但我们的语文教学却非常轻视,仅仅把它列作一种造句练习来处理,只注意到了语词的语义及语法习惯,却很少述及构成判断的语句的语义功能的实现和使用。教学大纲目前还无法做出变化,只能在这本书里给予呼吁,并尽可能地做出示范而已。

附:议论思路

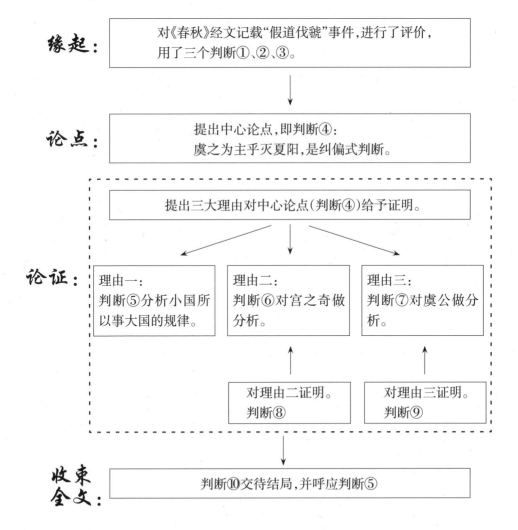

缘起: 对《春秋》经文记载"假道伐虢"事件,进行了评价,用了三个判断①、②、③。

论点: 提出中心论点,即判断④:
虞之为主乎灭夏阳,是纠偏式判断。

论证: 提出三大理由对中心论点(判断④)给予证明。

理由一:
判断⑤分析小国所以事大国的规律。

理由二:
判断⑥对宫之奇做分析。

理由三:
判断⑦对虞公做分析。

对理由二证明。
判断⑧

对理由三证明。
判断⑨

收束全文: 判断⑩交待结局,并呼应判断⑤

八 解读《对于左翼作家联盟的意见》

学习要点

1.本篇也是很强调情境阅读法的。如果仅从书面上阅读,似乎没有什么了不起,但一旦进入情境,就可以发现,当年鲁迅的讲演对于生来敏感的文化人是很值得关注的事情,而且鲁迅上来就说"我以为,左翼作家……很容易成为右翼作家……"会像冷水掉进热油锅,引起十分爆裂的反响,所以,从议论文的角度来说,能否说服所有的听众,而且让他们心服口服,需要把自己的议论发挥到极致。但论者十分沉稳,道理讲得非常深刻,不仅对场内人,即使是场外人,也能够从中受到极大的教育。学习议论文,这是一篇必读的经典,而且不仅仅是学习文中所讲的那些思想。

2.本篇的中心论点,最关键处是鲁迅使用了或然判断,即 S 可能是 P,标准句式应为:"左翼"作家是很可能成为"右翼"作家的。但如果如此说,语感也非常过火,很容易引发现场的骚动。但鲁迅将"可能"换用了"容易",两个字,力拔千钧。只说"容易",语轻却义重——不是必然变,而是如果不小心前路的陷阱,迷失了方向,走错了道路,将是不想变也会变的,这不是个人想不想变的问题,而是需要时时警觉、处处谨慎的问题。接下来三个理由的证明,是非常清晰而且恳切的警告,不仅曾与鲁迅闹过意见的人受到教育,就是鲁迅的亲密战友也同样在受教育之列。由此看出,写议论文,思维一定要缜密,用词一定要推敲,分寸一定要把握。

知识准备

一、作者鲁迅，读者当然都很熟悉他，我们在这里就不做全面评价了。鲁迅的思想很深邃，所以他的杂文被赞誉为"匕首与投枪"，匕首，我以为讲的是他善于解剖，能够对问题的要害刀刀见骨；投枪，可以制敌于死命。今天学鲁迅，不是仅仅去学他的杂文的风格，而是更要学他为人的风骨——"横眉冷对千夫指，俯首甘为孺子牛"的诗句便是他思考世界的出发点、做人做事的行动准则。

二、左翼作家联盟，全称是中国左翼作家联盟，简称"左联"。1927年"4·12事件"之后，新文化运动的队伍发生了认识上的分歧。属于创造社一派的作家，血气方刚，充满革命浪漫主义精神，认为对从敌方阵营射来的暗箭，必须给与狠狠的回击，于是他们在大中城市号召市民罢工，商人罢市，学生罢课，举行飞行集会，组织暴动，甚至表示要以自己的血肉之躯去对抗钢铁的恶魔；而文学研究会一派的文艺家们，则以"4·12"事件

鲁迅像

作为镜子，认为作为社会的观察者、评论者的作家们竟没有能够看到社会的发展规律和敌方的本质，是因为自己还没有真正掌握唯物辩证法的思想武器，没有向社会民众发出预警，未能尽到文艺家的社会职责，所以表明新文化运动的骨干队伍思想水平还不够高，还需要认真反思与学习。就是这两种思路导致了认识上的分歧，从而在队伍内部发生了论争，并出现了一些过激的言论与文章，甚至伤害了一些战友间的感情。中共中央及时发现了这个问题，派周扬到上海做双方的工作，希望在大目标一致的前提下，革命文

艺工作者要消除私人的恩怨,团结起来一致对敌。1930 年 3 月 2 日,由中国共产党领导的中国左翼作家联盟在上海举行了成立大会。作为革命文艺旗手的鲁迅在会上发表了讲演,即为本篇。

原 文

《对于左翼作家联盟的意见》

(现代)鲁迅

①有许多事情,有人在先已经讲得很详细了,我不必再说。

②我以为在现在,"左翼"作家是很容易成为"右翼"作家的。

③为什么呢? 第一,倘若不和实际的社会斗争接触,单关在玻璃窗内做文章,研究问题,那是无论怎样的激烈,"左",都是容易办到的;然而一碰到实际,便即刻要撞碎了。关在房子里,最容易高谈彻底的主义,然而也最容易"右倾"。西洋的叫作"Salon 的社会主义者",便是指这而言。"Salon"是客厅的意思,坐在客厅里谈谈社会主义,高雅得很,漂亮得很,然而并不想到实行的。这种社会主义者,毫不足靠。并且在现在,不带点广义的社会主义的思想的作家或艺术家,就是说工农大众应该做奴隶,应该被虐杀,被剥削的这样的作家或艺术家,是差不多没有了,除非墨索里尼,但墨索里尼并没有写过文艺作品。(当然,这样的作家,也还不能说完全没有,例如中国的新月派诸文学家,以及所说的墨索里尼所宠爱的邓南遮便是。)

④第二,倘不明白革命的实际情形,也容易变成"右翼"。革命是痛苦,其中也必然混有污秽和血,绝不是如诗人所想象的那般有趣,那般完美;革命尤其是现实的事,需要各种卑贱的,麻烦的工作,决不如诗人所想象的那般浪漫;革命当然有破坏,然而更需要建设,破坏是痛快的,但建设却是麻烦的事。所以对于革命抱着罗曼蒂克的幻想的人,一和革命接近,一到革命进行,便容易失望。听说俄国的诗人叶遂宁,当初也非常欢迎十月革命,当时他叫道,"万岁,天上和地上的革命!"又说"我是一个布尔塞维克了!"然而一到革命后,实际上的情形,完全不是他所想象的那么一回事,终于失望,颓

废。叶遂宁后来是自杀了的,听说这失望是他的自杀的原因之一。又如毕力涅克和爱伦堡,也都是例子。在我们辛亥革命时也有同样的例,那时有许多文人,例如属于"南社"的人们,开初大抵是很革命的,但他们抱着一种幻想,以为只要将满洲人赶出去,便一切都恢复了"汉官威仪",人们都穿大袖的衣服,峨冠博带,大步地在街上走。谁知赶走满清皇帝以后,民国成立,情形却全不同,所以他们便失望,以后有些人甚至成为新的运动的反动者。但是,我们如果不明白革命的实际情形,也容易和他们一样的。

⑤还有,以为诗人或文学家高于一切人,他的工作比一切工作都高贵,也是不正确的观念。举例说,从前海涅以为诗人最高贵,而上帝最公平,诗人在死后,便到上帝那里去,围着上帝坐着,上帝请他吃糖果。在现在,上帝请吃糖果的事,是当然无人相信的了,但以为诗人或文学家,现在为劳动大众革命,将来革命成功,劳动阶级一定从丰报酬,特别优待,请他坐特等车,吃特等饭,或者劳动者捧着牛油面包来献他,说:"我们的诗人,请用吧!"这也是不正确的;因为实际上绝不会有这种事,恐怕那时比现在还要苦,不但没有牛油面包,连黑面包都没有也说不定,俄国革命后一、二年的情形便是例子。如果不明白这情形,也容易变成"右翼"。事实上,劳动者大众,只要不是梁实秋所说"有出息"者,也决不会特别看重知识阶级者的,如我所译的《溃灭》中的美谛克(知识阶级出身),反而常被矿工等所嘲笑。不待说,知识阶级有知识阶级的事要做,不应特别看轻,然而劳动阶级决无特别例外地优待诗人或文学家的义务。

⑥现在,我说一说我们今后应注意的几点。

第一,对于旧社会和旧势力的斗争,必须坚决,持久不断,而且注重实力。旧社会的根底原是非常坚固的,新运动非有更大的力不能动摇它什么。并且旧社会还有它使新势力妥协的好办法,但它自己是决不妥协的。在中国也有过许多新的运动了,却每次都是新的敌不过旧的,那原因大抵是在新的一面没有坚决的广大的目的,要求很小,容易满足。譬如白话文运动,当初旧社会是死力抵抗的,但不久便容许白话文底存在,给它一点可怜地位,在报纸的角头等地方可以看见用白话写的文章了,这是因为在旧社会看来,新的东西并没有什么，并不可怕，所以就让它存在，而新的一面也就满足，以为白话文已得到存在权了。又如一二年来的无产文学运动，也差不多一样，旧社会也容许无产文学，因为无产文学并不厉害，反而他们也来弄无产文学，拿去做装饰，仿佛在客厅里放着许多古董瓷器以外，放一个工人用的粗碗，也很别致；而无产文学者呢，他已经在文坛上有个小地位，稿子已经卖得出去了，不必再斗争，批评家也唱着凯旋歌："无产文学胜利！"但除了个人的胜利，即以无产文学而论，究竟胜利了多少？况且无产文学，是无产阶级解放斗争的一翼，它跟着无产阶级的社会的势力的成长而成长，在无产阶级的社会地位很低的时候，无产文学的文坛地位反而很高，这只是证明无产文学者离开了无产阶级，回到旧社会去罢了。

第二，我以为战线应该扩大。在前年和去年，文学上的战争是有的，但那范围实在太小，一切旧文学旧思想都不为新派的人所注意，反而弄成了在一角里新文学者和新文学者的斗争，旧派的人倒能够闲舒地在旁边观战。

第三，我们应当造出大群的新的战士。因为现在人手实在太少了，譬如我们有好几种杂志，单行本的书也出版得不少，但做文章的总同是这几个人，所以内容就不能不单薄。一个人做事不专，这样弄一点，那样弄一点，既要翻译，又要做小说，还要做批评，并且也要做诗，这怎么弄得好呢？这都因为人太少的缘故，如果人多了，则翻译的可以专翻译，创作的可以专创作，批评的专批评；对敌人应战，也军势雄厚，容易克服。关于这点，我可带便地说一件事。前年创造社和太阳社向我进攻的时候，那力量实在单薄，到后来连我都觉得有点无聊，没有意思反攻了，因为我后来看出了敌军在演"空城计"。那时候我的敌军是专事于吹擂，不务于招兵练将的；攻击我的文章当然很多，然而一看就知道都是化名，骂来骂去都是同样的几句话。我那时就等待有一个能操马克思主义批评的枪法的人来狙击我的，然而他终于没有出现。在我倒是一向就注意新的青年战士的养成的，曾经弄过好几个文学团体，不过效果也很小。但我们今后却必须注意这点。

我们急于要造出大群的新的战士，但同时，在文学战线上的人还要"韧"。所谓韧，就是不要像前清做八股文的"敲门砖"似的办法。前清的八股文,原是"进学"做官的工具,只要能做"起承转合",借以进了"秀才举人",便可丢掉八股文,一生中再也用不到它了,所以叫作"敲门砖",犹之用一块砖敲门,门一敲进,砖就可抛弃了,不必再将它带在身边。这种办法,直到现在,也还有许多人在使用,我们常常看见有些人出了一二本诗集或小说集以后,他们便永远不见了,到哪里去了呢?是因为出了一本或二本书,有了一点小名或大名,得到了教授或别的什么位置,功成名遂,不必再写诗写小说了,所以永远不见了。这样,所以在中国无论文学或科学都没有东西,然而在我们是要有东西的,因为这于我们有用。(卢那卡尔斯基是甚至主张保存俄国的农民美术,因为可以造出来卖给外国人,在经济上有帮助。我以为如果我们文学或科学上有东西拿得出去给别人,则甚至于脱离帝国主义的压迫的政治运动上也有帮助。)但要在文化上有成绩,则非韧不可。

最后,我以为联合战线是以有共同目的为必要条件的。我记得好像曾听到过这样一句话:"反动派且已经有联合战线了,而我们还没有团结起来!"其实他们也并未有有意的联合战线,只因为他们的目的相同,所以行动就一致,在我们看来就好像联合战线。而我们战线不能统一,就证明我们的目的不能一致,或者只为了小团体,或者还其实只为了个人,如果目的都在工农大众,那当然战线也就统一了。

附:文中注释予以保留,转引者适当补入。

a.本篇最初发表于一九三〇年四月一日《萌芽月刊》第一卷第四期。

b.左翼作家联盟即中国左翼作家联盟(简称"左联"),中国共产党领导下的革命文学团体。一九三〇年三月在上海成立(并先后在北平、天津等地及日本东京设立分会),领导成员有鲁迅、夏衍、冯雪峰、冯乃超、周扬等。"左联"的成立,标志着中国革命文学发展的一个新阶段。它曾有组织有计划地致力于马克思主义文艺理论的宣传和研究,批判各种错误的资产阶级文艺思想,提倡革命文学创作,进行文艺大众化的探讨,培养了一批革命文艺工作者,促进了革命文学运动的发展。它在国民党统治区内领导革命文学工作者和进步作家,对国民党的反革命文化"围剿"进行了英勇顽强的斗争,在粉碎这种"围剿"中起了重大的作用。但由于受到当时党内"左"倾路线的影响,"左联"的一些领导人在工作中有教条主义和宗派主义的倾向,对此,鲁迅曾对此进行过原则性的批评。他在"左联"成立大会上的这个讲话,是当时对左翼文艺运动有重要意义的文件。"左联"由于受国民党政府的白色恐怖的摧残压迫,也由于领导工作中宗派主义的影响,始终是一个比较狭小的团体。一九三五年底,为了适应抗日救亡运动的新形势,"左联"自行解散。

c.墨索里尼(B.Mussolini,1833~1945)意大利的独裁者和法西斯党党魁,第二次世界大战的罪魁之一。

d.邓南遮(G.D'Annunzio,1863~1938),意大利唯美主义作家。著有长篇小说《死的胜利》等。晚年成为民族主义者,深受墨索里尼的宠爱,获得"亲王"称号;墨索里尼还曾悬赏征求他的传记(见一九三〇年三月《萌芽月刊》第一卷第三期《国内外文坛消息》)。

e.叶遂宁,参看本卷第 38 页注⑲——(转引:谢尔盖·亚历山德罗维奇·叶赛宁 1895~1925,通译叶赛宁,前苏联诗人。他以描写宗法制度下田园生活的抒情诗著称。十月革命时曾向往革命,写过一些赞美革命的诗,如《天上的鼓手》等。但革命后陷入苦闷,最后自杀。著有长诗《四旬祭》、《苏维埃俄罗斯》等)。这里所引的诗句,分别见于他在一九一八年所作的《天上的鼓手》和《约旦河上的鸽子》。

f.毕力涅克(1894~1941)又译皮涅克,苏联革命初期的所谓"同路人"作家之一。一九二九年,他在国外白俄报刊上发表长篇小说《红木》,诋毁苏联社会主义建设。爱伦堡,参看本卷第 138 页注⑪(转引:伊利亚·爱伦堡,前苏联作家。生于犹太人家庭。青年时参加革命。一九〇八至一九一七年流亡巴黎,发表诗作。一九二〇年回苏,作为记者被当即派回巴黎。至一九四〇年一直生活在西欧。一九四一年回国发表攻击西方的《巴黎的陷落》,获斯大林奖金。卫国战争中任《红星报》战地记者,发表不少反法西斯的政论,还著有长篇小说《暴风雨》、《九级浪》等。一九五四年发表中篇小说《解冻》,和回忆录《人、岁月、生活(1960~1964)》都是最早公开批评斯大林的作品)。

g.“南社”,参看本卷第 138 页注⑨——(转引:南社,一个在中国近现代史上产生过重要影响的文化团体,一九〇九年十一月三日成立于苏州,发起人柳亚子、高旭和陈去病等,活动中心在上海,社员总数达 1180 余人。南社受孙中山先生领导的同盟会的影响,取“操南音,不忘本也”之意,提倡民族气节,反对满清王朝的腐朽统治,为辛亥革命做了非常重要的舆论准备,一九二三年解体,前后延续 30 余年)。

h.海涅(H.Heine,1794～1856)德国诗人,著有长诗《德国——一个冬天的童话》等。这里的引述,参看本卷第 138 页注⑫。

i.几种杂志指当时出版的《萌芽月刊》、《拓荒者》、《大众文艺》、《文艺研究》等。

j.几个文学团体指莽原社、未名社、朝花社等。

k.八股文明、清科举考试制度所规定的一种公式化文体,每篇分破题、承题、起讲、入手、起股、中股、后股、束股八部分,后四部分是主体,每部分有两股相比偶的文字,合共八股,所以叫“八股文”。下文所说的“起承转合”,指做八股文的一种公式,即所谓“起要平起,承要春(从)容,转要变化,合要渊永”。

l.“进学”按明、清科举制度,童生经过县考初试,府考复试,再参加由学政主持的院考(道考),考取的列名府、县学,叫“进学”,也就成为“秀才”。

m.关于卢那察尔斯基主张保存俄国农民美术的观点,见鲁迅翻译的卢那察尔斯基论文集《文艺与批评》中的《苏维埃国家与艺术》。

解　读

有了前面几篇对议论文的分析,这篇文章的结构便好理解多了,但也有特别值得我们研究的地方,不仅是鲁迅先生对问题深邃的观察、分析的特色,论辩的技巧也是值得大加赞赏的。

在原文中,第①②③三段是紧为一段的,为分析论证层次,我们把它分开了。

第①段自是议论的缘起。因为是讲演，"读者"就是在场的听众，鲁迅上台之前大会主席怎样讲话，各界代表怎样表态，听众都是知道的，所以鲁迅一带而过："有许多事情，有人在先已经讲得很详细了，我不必再说"，既简练，又以轻托重：石破天惊的中心论点，直截了当提了出来。

第②段，就是这个著名的句子："我以为……"

今天我们读这句话，上下两张嘴唇一碰，就说出来了，似乎没什么了不起；但如果切入当时会场的情境，我读起来却是如同一滴水落入滚热的油锅，大有把整个会场搅动起来的气势。

我说的是不是言重了？并不是。为什么？

在知识准备部分，我们已经介绍了左联成立的历史背景。在成立会之前，革命文学阵营的内部是呈分裂状态的，成立会上，尽管通过中央的工作，大家可以尽释前嫌，团结在一起，但情感上总会有些疙疙瘩瘩，互相还会有些芥蒂，不会瞬间就消失得无影无踪。我开玩笑说，如果我有幸参加这次会议，有幸在会上发发言，我一定会按照习惯的方式进行表态：过去因为自己的思想觉悟不高，认识不到位，没有看清楚我们是同一个战壕的战友，说了一些不该说的话，写了一些不合时宜的文字，使得革命战友之间产生一些分歧与误会。今天通过党的教育，认识提高了，我一定按照今天成立会的宗旨，分清敌友，努力写好革命文艺，完成历史给我们的使命云云。我猜想，在鲁迅之前讲话发言的人，大概都是这么一个路数，所以今天我们已经无法看到他们的发言文稿，因为实在没有什么能流传下来的价值。可是，现在发言的是鲁迅。

一句冷水炸热油的话从他那宽厚、稳重的嘴里说了出来："我以为在现在，'左翼'作家是很容易成为'右翼'作家的。"

在场的人是不是都会很惊讶，甚至惊愕？

这是一个什么会呀？左翼作家成立联盟的会呀，能参加会议的不都是左翼作家吗？来参加会议之前都是经过资格审查的啊，鲁迅为什么会冒出这样一句话呢？他说这话是不是有什么所指啊？

作家、文学家通常都是很敏感的，别人想出一点点，他们往往一下就联想出十点点去。属于文学研究会的对世故不太明白的小青年也许就会想：鲁迅真不愧是老大啊，几年憋的这口气今天算是吐出来了：你看，明摆着么，不好好读马克思主义的文艺理论，就容易成为"右翼"，刚开成立会，老大就把这话说在头里了，过几年咱们看吧……

创造社那边，奉行的是浪漫主义，富于强大的想象力，情绪易于激动，常常是想说就说，想干就干。我猜想，即使是最温和的创造社的才子，听了这话大约也会瞪起眼睛来：俗话说，会说的不如会听的，说"容易成为"，还加了一个"很"，这话里肯定有所指，不行，今天不指名道姓把这个人说出来，咱们能完么……

是啊，议论文提出了论点，就得有论据跟上。语文教材里讲议论文有三要素：论点、论据、论证；又说论据有两大种，一种是颠扑不破的事实，再一种是大家都认可的公理，可以是格言谚语，或是名人名言。如果按这个讲法，鲁迅提出"很容易成为'右翼'"，证明起来恐怕很难很难：一是1930年的会上大家都是左翼作家，哪一个是右翼呢？确实没有，你能随手一指说"某某某就很容易成为'右翼'"吗？而且格言谚语、名人名言中也没有哪句明明白白预言了1930年成立的中国左翼作家联盟中后来谁成了右翼，没有人做这个预言，所以我一直坚持：用来证明中心论点的，应该是理由，是论者围绕对论点的证明所精心组织的理由。本篇文章也很好地证明了我的观点。

其次，很多人一看鲁迅先生的中心论点，会理解为是一种肯定的语气，其实这个中心论点是一个或然的判断："很容易成为"而非"一定会成为"，只是有这样的可能，而非百分百的肯定——既然是有可能"成为"，那是有一些条件的，鲁迅先生接下来的证明，正是举出了可能"成为"的条件，这些条件，就是判定"很容易成为"的理由，即用来证明中心论点成立的分论点。

分论点又是三个。我把做分论点的三条理由整理一下，用比较整齐的句子列出来：

第③段是第一个理由：不懂得社会的实际，就容易成为右翼——倘若不和实际的社会斗争接触，单关在玻璃窗内做文章、研究问题，无论怎样的激烈,"左",都是容易办到的;然而一碰到实际,便即刻要撞碎了。

证明分论点成立的论据就在这一段里:先是讲"沙龙的社会主义者",具体例证是墨索里尼、南社和邓南遮等。

第④段是第二个理由:不懂得革命的实际,就容易成为右翼——倘不明白革命的实际情形,也容易变成"右翼"。

证明分论点成立的论据也在这一段里:先是用了三个排比句的判断讲明革命的实际是怎样的:革命是痛苦的,没有趣;革命是现实的,不浪漫;革命是麻烦的,不痛快。然后举出叶遂宁、毕力涅克、爱伦堡以及中国的南社为事例例证。

第⑤段是第三个理由:不能摆正和工农大众的关系,就容易成为右翼——以为诗人或文学家高于一切人,他的工作比一切工作都高贵,也是不正确的观念。

证明分论点成立的论据也在这一段里:直接列举了海涅、俄国革命后一、二年的情形以及《溃灭》中的美谛克的例子,并指出实质"劳动阶级绝无特别例外地优待诗人或文学家的义务",对分论点做出了强调。

三个分论点论证完成,理由成立了,中心论点也就成立了:"我以为在现在,'左翼'作家是很容易成为'右翼'作家的。"

三条理由没有一条是出于派别立场的,没有站在任何一方去说帮助一方压制另一方的话,完全是站在时代的高度、站在作家、艺术家与革命和工农大众关系的高度说出来的、语重心长且关乎革命文艺前途的话,谁能不服气?又有哪一位的认知水平和分析能力能超过鲁迅的?

鲁迅是当之无愧的旗手!

所以不管在座的人原来属于哪一方,都归顺到马克思主义的文艺大旗下面来了,中国左翼作家联盟由这一天起,成为新民主主义革命的一支先锋力量。

从⑥段到全文结束,是在进行了一系列分析,让在座的左翼作家对今后可能遇到的危险有了警醒的共识之后,像大哥哥一样地提出了四点建议,作为本篇讲演的结束。四点建议非常清晰,也完全一听就懂,知道该怎样执行,这里就不再赘述了。

思考提示

一、本篇讲演,是一篇非常规范,也具有强大说服力的议论文。尤其是在需要统一思想,把众人凝聚到正确思想路线上来的关键时刻,其内在的论证力量如此强大,是尤其值得学习者密切关注的。我们的所作所为,如何和社会实际相符,和前进目标相符,和人民大众的利害关系相符,从而使我们能够立于不败之地的立场、观点的确立,以及方法论的选择,鲁迅给我们做出了榜样。学鲁迅不是只学他的皮毛,而要学他的思想论、认识论、观点论、方法论,所以我以为当前认真读一读鲁迅,还是十分必要的。

二、本篇分析,采用了一种特别的阅读方法,即情境阅读法。阅读的时候要设身处地,要设想演讲人面对的是一种什么情境,演讲要解决什么问题,演讲中要说服的对象会有怎样的情绪,他们可能产生何样的念头。深入到了情境中,才能想到对方之所想,才能有的放矢,才能切中要害。情境阅读法是教师的基本功,把情境带入阅读,往往能够再现当时的写作状态,使学生摹状拟情,深入到文章的深层次中去。

附：议论思路

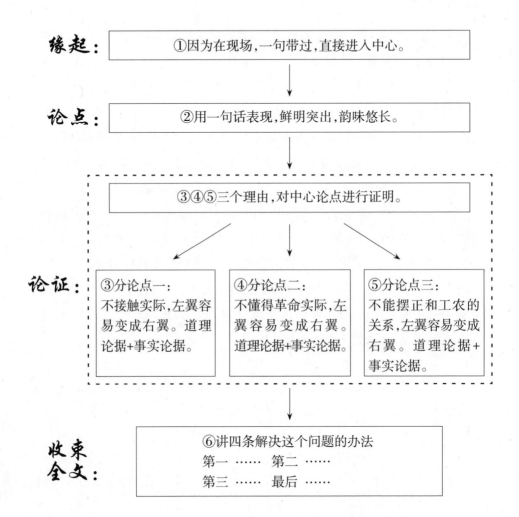

缘起：
①因为在现场，一句带过，直接进入中心。

论点：
②用一句话表现，鲜明突出，韵味悠长。

论证：
③④⑤三个理由，对中心论点进行证明。

③分论点一：
不接触实际，左翼容易变成右翼。道理论据+事实论据。

④分论点二：
不懂得革命实际，左翼容易变成右翼。道理论据+事实论据。

⑤分论点三：
不能摆正和工农的关系，左翼容易变成右翼。道理论据+事实论据。

收束全文：
⑥讲四条解决这个问题的办法
第一 …… 第二 ……
第三 …… 最后 ……

九 解读《今》

学习要点

1.五四时代,即使是白话文的先驱,书面文字仍有很浓的文言色彩,原因之一是他们幼时受到过良好的语文教育,文言对他们的影响很深,不可能一时半会就完全消除掉。原因之二则是文言文亦有它自身的优点:言辞简约而内含丰富,写作时又强调声调美及节奏美,这是白话文较难做到的。五四时代倡导白话文,一是让书面语文和口头语文尽可能一致,不要给大众的阅读造成人为的困难;二是重点反对因封建科举制而泛滥的八股文思维及八股文文体,而非反对文言文。今天我们阅读,也不必怕文言文,文言文也是有其语言规律的,掌握并遵循这些规律,不仅会使读文言文不难,甚至可以进一步去学习文言文的优点,使自己的书面文字变得典雅且以致远。

2.李大钊作为五四新文化运动的导师,把中国的希望置于未来,置于青年一代身上,所以他撰写了演讲辞《今》,语重心长地希望青年一代要好好地把握今天——无限的"过去"都以"现在"为归宿,无限的"未来"都以"现在"为渊源。"过去""未来"的中间全仗有"现在"以成其连续,以成其无始无终的大实在。这个千真万确的、从来没有人这样说透的、却属于大实在的道理,使每位读者都深深感动、不断反思。

3.本篇常常以节选的方式展现给读者,我们选了全篇,以展现李大钊的完整思想。此外,本篇在论证"今是最重要的"中心论点时,并不排斥社会一般的认知理由,而是采取包容的方式,提出自己更为独到的见解,这种论辩方式也很有特色。

知识准备

李大钊的名字在中国人人皆知,他出生于 1889 年 10 月 29 日,1927 年 4 月 28 日被军阀残酷绞杀。李大钊字守常,河北乐亭人,中国共产党主要创始人之一,中国最早的马克思主义者。1918 年时出任北京大学图书馆主任,后任经济系、历史系等系教授,参与编辑《新青年》《每周评论》等刊物,宣传新思想。本篇即发表于 1918 年 4 月 15 日出版的《新青年》4 卷 4 号。

本篇写作,正是文言文与白话文交替的时代。1911 年辛亥革命爆发以前,虽然老百姓在日常生活中都讲白话文,但在正式场合以及文牍写作上,文言文仍是官方语言。知识分子习学时都要认真体味与把握,李大钊自然也不例外。本篇虽然是用白话文撰写的,但文言文的色彩与风格仍很浓厚,而且交融得很自然。我们的语文教学很少注意这一点,而且对这个问题我以为下面的观点是可以商榷的,即把文言文与白话文完全对立起来,甚至以为"文学革命"就是彻底打倒文言文,写文章要用最彻底的白话文。其实,文言文也是一种表达形式,不过在封建社会里被"钦定"为官方语言,地位便被"擢升"了上来。但公平思考一下,历史上文言文地位高,不等于它就一切都高于白话文;今天倡导白话文,也不等于文言文就一无是处。文言文当然有它的弱点:呆板、拘谨、喜用生僻,再严重一点就是容易装腔作势;但另一面文言文简练、精干,特别注意言词语义的使用,而且句式整齐,讲求音律,阅读时朗朗上口,多有回环之美,更给读者余音绕梁而需反复咀嚼吟咏的空间。现代社会普遍使用白话文之后,有赵树理、孙犁、周立波(不是现在搞脱口秀的"波波"周立波)等善于使用百姓语言的大师,另外也更有鲁迅、叶圣陶、巴金等对文白两途都能熟练驾驭的大师。我试举以写湘西风情的白话文大师沈从文为例,请看他的这段文字:

酉水流域多洞穴,保靖濒河两个洞为最美丽知名。一在河南,离县城三里左右,名石楼洞,临长河,踞悬崖,对河一山,山上老松数列,错落布置,十分自然。景物清疏,有渐江和尚画意。但洞穴内多人工铺排,

并无可观······（沈从文《白河流域几个码头》，小说《边城》即以此河作
为背景）

上面带点的词与短句，都具有很浓烈的文言味道，和白话文间杂错落，
融为一体，毫无违和之感，表明沈从文先生文言功底本是很深的。读者可
以试将本段改为完全的白话语式，看看会造成何种繁冗，朗读起来还有没
有那种清幽绵长的韵味。所以，我认为不仅文言文有它自己的语言美，也
可以承担相当的表情达意的功能，它不应因倡导白话文便被打入冷宫；反
而更应因它的优点，鼓励青年人适当阅读。对于运用文言文较好的大家作
品，多多揣摩它的长处，用之于文，丰富自己的文字表现力和感染力。

原　文

今

（现代）李大钊

①我以为世间最可宝贵的就是"今"，最易丧失的也是"今"。因为他最
容易丧失，所以更觉得他可以宝贵。

②为甚么"今"最可宝贵呢？最好借哲人耶曼孙所说的话答这个疑问：
"尔若爱千古，尔当爱现在。昨日不能唤回来，明天还不确实，尔能确有把握
的就是今日。今日一天，当明日两天。"

③为甚么"今"最易丧失呢？因为宇宙大化，刻刻流转，绝不停留。时间
这个东西，也不因为吾人贵他爱他稍稍在人间留恋。试问吾人说"今"说"现
在"，茫茫百千万劫，究竟那一刹那是吾人的"今"，是吾人的"现在"呢？刚
刚说他是"今"是"现在"，他早已风驰电掣的一般，已成"过去"了。吾人若
要糊糊涂涂把他丢掉，岂不可惜！

④有的哲学家说，时间但有"过去"与"未来"，并无"现在"。有的又说，
"过去"、"未来"皆是"现在"。我以为"过去未来皆是现在"的话倒有些道
理。因为"现在"就是所有"过去"流入的世界，换句话说，所有"过去"都埋
没于"现在"的里边。故一时代的思潮，不是单纯在这个时代所能凭空成立

的。不晓得有几多"过去"时代的思潮，差不多可以说是由所有"过去"时代的思潮一凑合而成的。吾人投一石子于时代潮流里面，所激起的波澜声响，都向永远流动传播，不能消灭。屈原的《离骚》，永远使人人感泣。打击林肯头颅的枪声，呼应于永远的时间与空间。一时代的变动，绝不消失，仍遗留于次一时代，这样传演，至于无穷，在世界中有一贯相联的永远性。昨日的事件与今日的事件，合构成数个复杂事件。此数个复杂事件与明日的数个复杂事件，更合构成数个复杂事件。势力结合势力，问题牵起问题。无限的"过去"都以"现在"为归宿，无限的"未来"都以"现在"为渊源。"过去""未来"的中间全仗有"现在"以成其连续，以成其永远，以成其无始无终的大实在。一掣现在的铃，无限的过去未来皆遥相呼应。这就是过去未来皆是现在的道理。这就是"今"最可宝贵的道理。

⑤现时有两种不知爱"今"的人：一种是厌"今"的人，一种是乐"今"的人。

⑥厌"今"的人也有两派：一派是对于"现在"一切现象都不满足，因起一种回顾"过去"的感想。他们觉得"今"的总是不好，古的都是好。政治、法律、道德、风俗全是"今"不如古。此派人唯一的希望在复古。他们的心力全施于复古的运动。一派是对于"现在"一切现象都不满足，与复古的厌"今"派全同。但是他们不想"过去"，但盼"将来"。盼"将来"的结果，往往流于梦想，把许多"现在"可以努力的事业都放弃不做，单是耽溺于虚无缥缈的空玄境界。这两派人都是不能助益进化，并且很足阻滞进化的。

⑦乐"今"的人大概是些无志趣无意识的人，是些对于"现在"一切满足的人，觉得所处境遇可以安乐优游，不必再商进取，再为创造。这种人丧失"今"的好处，阻滞进化的潮流，同厌"今"派毫无区别。

⑧原来厌"今"为人类的通性。大凡一境尚未实现以前，觉得此境有无限的佳趣，有无疆的福利。一旦身陷其境，却觉不过尔尔，随即起一种失望的念、厌"今"的心。又如吾人方处一境，觉得无甚可乐，而一旦其境变易，却又觉得其境可恋，其情可思。前者为企望"将来"的动机，后者为反顾"过去"的动机。但是回想"过去"，毫无效用，且空耗努力的时间。若以企望"将来"

的动机,而尽"现在"的努力,则厌"今"思想却大足为进化的原动。乐"今"是一种惰性(Inertia),须再进一步,了解"今"所以可爱的道理,全在凭他可以为创造"将来"的努力,决不在得他可以安乐无为。

⑨热心复古的人,开口闭口都是说"现在"的境象若何黑暗,若何卑污,罪恶若何深重,祸患若何剧烈。要晓得"现在"的境象倘若真是这样黑暗,这样卑污,罪恶这样深重,祸患这样剧烈,也都是"过去"所遗留的宿孽,断断不是"现在"造的。全归咎于"现在"是断断不能受的。要想改变他,但当努力以创造将来,不当努力以回复"过去"。

⑩照这个道理讲起来,大实在的瀑流永远由无始的实在向无终的实在奔流。吾人的"我",吾人的生命,也永远合所有生活上的潮流,随着大实在的奔流,以为扩大,以为继续,以为进转,以为发展。故实在即动力,生命即流转。

⑪忆独秀先生曾于《一九一六年》文中说过,青年欲达民族更新的希望,"必自杀其一九一五年之青年,而自重其一九一六年之青年。"我尝推广其意,也说过人生唯一的蕲向,青年唯一的责任,在"从现在青春之我,扑杀过去青春之我,促今日青春之我,禅让明日青春之我。""不仅以今日青春之我,追杀今日白首之我,并宜以今日青春之我,豫杀来日白首之我。"实则历史的现象,时时流转,时时变易,同时还遗留永远不灭的现象和生命于宇宙之间,如何能杀得?所谓杀者,不过使今日的"我"不仍旧沉滞于昨天的"我"。而在今日之"我"中固明明有昨天的"我"存在。不止有昨天的"我",昨天以前的"我",乃至十年二十年百千万亿年的"我"都俨然存在于"今我"的身上。然则"今"之"我","我"之"今",岂可不珍重自将为世间造些功德?稍一失脚,必致遗留层层罪恶种子于"未来"无量的人,即未来无量的"我",永不能消除,永不能忏悔。

⑫我请以最简明的一句话写出这篇的意思来:

⑬吾人在世,不可厌"今"而徒回思"过去",梦想"将来",以耗误"现在"的努力。又不可以"今"境自足,毫不拿出"现在"的努力,谋"将来"的发展。宜善用"今",以努力为"将来"之创造。由"今"所造的功德罪孽,永久不灭。

古人生本务,在随实在之进行,为后人造大功德,供永远的"我"享受,扩张,传袭,至无穷极,以达"宇宙即我,我即宇宙"之究竟。

解　读

本篇在坊间流行的是节选版,比如一本很有影响的《大学语文》教材,只选了本篇的①至④段,不是全豹。即便如此,仍然有许多人没能真正把握李大钊的议论思路。我们必须得依据全文来研究本篇的论证结构,所以预先说明一下。

①②③段是本文开篇,但它上来就是"我以为……"这样的主题句式的句子,再加上很多"导师"都谆谆"告诫"要开门见山、直扑主题,所以许多读者以为第①段中"我以为"后面的话就是论者的中心论点——世间最可宝贵的就是"今",最易丧失的也是"今"。因为他最容易丧失,所以更觉得他可以宝贵。

其实不是。

这是一篇先驳论后立论的议论文。第①段里引的观点是驳论中的"敌论"。一般人都会以为,既是"敌论",那立论人对它自然是百分之百地反对,必然是要将对方驳得"体无完肤"、"溃不成军"才是。但世界上的事情是复杂的,所以我们对许多问题都不能机械地以"对"与"错"来对待,在做判断之前要先进行分析:

简单称为"敌论",会有误解,我们将其改称为"对方之论"会好一些。"对方之论",会有四种情况:

第一种,绝对错误,或是在一个较长的时间域内是绝对错误的,论者完全反对;

第二种,绝对正确,或是在一个较长的时间域内是绝对正确的,论者完全赞同;

第三种,基本错误,但是其中有正确的成分;对错误的予以反对,对正确的予以赞同;

第四种,基本正确,但是其中有错误的成分,对正确的予以赞同,对错误的予以反对。

李大钊所立的"对方之论",即为第四种情况:基本正确,剩余的也谈不上是错误,只是观点有所片面而已。

片面在哪里呢?

对方之论是对方的中心观点,对方立论当然也会走"中心论点—分论点—论据"的证明之路。李大钊认为"对方之论"问题出在分论点不充分,已提出来的分论点没有抓住本质,所以需要给予辨明。

第②③两段便是"对方之论"的两个分论点:1."能确有把握的就是今日",证明中心论点"今最宝贵",具体论据是哲人耶曼孙的话。2."今最易丧失",证明中心论点"今最宝贵",具体论据是世人对"今"风驰电掣般地离去的普遍感受。

这两个分论点错吗?一点不错。李大钊所不同意的,是仅仅因这两条就以为"今最宝贵"是绝对不够的,论者对"今最宝贵"的理由另有看法。

第④段作者才真正转入自己的立论,但他仍然以列举的方式再交代两个分论点,与上面两段所讲的分论点连续排列:3."有的哲学家说,时间但有'过去'与'未来',并无'现在'"。4."有的又说,'过去'、'未来'皆是'现在'"。到此,李大钊才真正就"'今'为何宝贵"正式提出自己予以立论的中心观点——"我以为'过去未来皆是现在'的话倒有些道理"。

我们再梳理一下李大钊对"今"的立论过程吧:

立论缘起:

世上都认为"今"是最可宝贵的,这点我也同意。

众人认为"今"最可宝贵的理由,归纳有四种:

1.能确有把握的就是今日;

2.今最易丧失;

3.时间但有过去与未来,并无现在;(注:似乎与本文立意相悖,忽略)

4.过去、未来,皆是现在。

立论:我更看重第四条理由,所以本文中心论点是"过去未来皆是现在,所以'今'最宝贵。"

前三条理由,第1与第2都有论据,第3因为否定了"今",予以忽略;作者把第4条理由视为中心论点,当然就要着笔给予证明。证明的文字则在第⑤段,提出的三个分论点被压在这一段里。

证明:作者要证明自己的观点即主张正确,当然要提出理由。李大钊的理由是围绕"过去—现在—未来"三者关系进行分析的,属于分析式的也是三条,其层次是:

第一条理由:无限的"过去"都以"现在"为归宿——李大钊写道:

因为"现在"就是所有"过去"流入的世界,换句话说,所有"过去"都埋没于"现在"的里边。故一时代的思潮,不是单纯在这个时代所能凭空成立的。不晓得有几多"过去"时代的思潮,差不多可以说是由所有"过去"时代的思潮一凑合而成的。

第二条理由:无限的"未来"都以"现在"为渊源——李大钊写道:

吾人投一石子于时代潮流里面,所激起的波澜声响,都向永远流动传播,不能消灭。屈原的《离骚》,永远使人人感泣。打击林肯头颅的枪声,呼应于永远的时间与空间。一时代的变动,绝不消失,仍遗留于次一时代,这样传演,至于无穷,在世界中有一贯相联的永远性。

第三条理由:"过去""未来"的中间全仗有"现在"以成其连续,以成其永远,以成其无始无终的大实在——李大钊写道:

昨日的事件与今日的事件,合构成数个复杂事件。此数个复杂事件与明日的数个复杂事件,更合构成数个复杂事件。势力结合势力,问题牵起问题。无限的"过去"都以"现在"为归宿,无限的"未来"都以"现在"为渊源。"过去""未来"的中间全仗有"现在"以成其连续,以成其永远,以成其无始无终的大实在。

第④段的结束句,是对自己中心论点的总结。他用了一个"铃"的比喻:所有过去与未来的事情,都会由今天的"铃"来响应;而我最宝贵"今"的理由也出于此:过去未来皆是现在。

坊间版节选到此,李大钊的议论已经很完整,完全可以结束了。但李大钊写此文,不是为了向青年搅一搅心灵鸡汤,研究研究人生大道理,他是要由此进一步教诲青年人珍惜时代、珍惜现实,为人类、为民生做番大事业的,正如我们今天常常说的一句话:从我做起,从现做起吧。于是从⑤段起到全文结束,李大钊又在前四段的论证上加以引申发挥——青年人应该怎样分辨是非,应该怎样做了。

第⑤段是过渡与提起:现时有两种不知爱"今"的人,一种人是厌"今",一种人是乐"今"。

第⑥段、第⑦段与第⑧段,通过分析说明无论厌"今"还是乐"今",实质相同,都是不思进取,阻滞进化,为论者所不取。

第⑨段更进一步分析厌"今"的人看到了"今"的种种黑暗,却不明白第⑤段中说的第一个理由——这些黑暗罪责在于过去,也不明白第④段中说的第二个理由——今天要努力才能创造光明的明天,然后引出第⑩段作者要强调的正确做法:我们要"永远合所有生活上的潮流,随着大实在的奔流,一味扩大,以为继续,以为进转,以为发展。"

第⑪段到第⑬段,是收束全篇,借用陈独秀的话,引入"青年"、"我"与现在、过去、未来三者之间的关系,阐明自己的希望:必须拿出现在的努力,谋求将来的发展;我们今天的所为,是为后人造大功德的,做到这一点,便有了"宇宙即我,我即宇宙"的人生价值了。全文至此结束。

思考提示

一、在本篇的"知识准备"部分,已经提示本篇文言色彩较浓的特点,青年朋友阅读起来确实会有些困难。但这一篇所难不在文言句法,而在五四时代所习用的名词术语,譬如第⑩段里的"大实在",就是"客观世界"的含义;第⑪段里的"蕲向","蕲"与"祈"相通,"蕲向"即"祈愿"、"愿望"之意,只需细心体味一下也是好懂的。

二、本篇论证中一个较为突出的特点是,李大钊用了很多选言判断进行推理。选言判断,是使用一个论题之下的多种理由可供选择。譬如第①段到第④段里关于"今"最可宝贵的问题,李大钊一口气列举了四种理由,他虽然认同它们都没什么错处,但为展开自己的论辩排除了前三种,而专以第四种理由作为自己的立论。第⑤段到第⑦段,李大钊则列出了不爱"今"的两种厌"今"情况,一种乐"今"情况,但殊途同归,本质相同,对社会的进步毫无帮助,没有二差。

选言判断为一个论题提出可供选择的若干个选择项展开论证。如果只能选其中一个,称为不相容选言判断,如果可以同时选几个甚或全选,称为相容选言判断。选言判断考察思维对问题认识是否全面,选言项列举是否周密,以及各个可选项之间的微小差别所在和对问题解决的影响力度等等。

附：议论思路

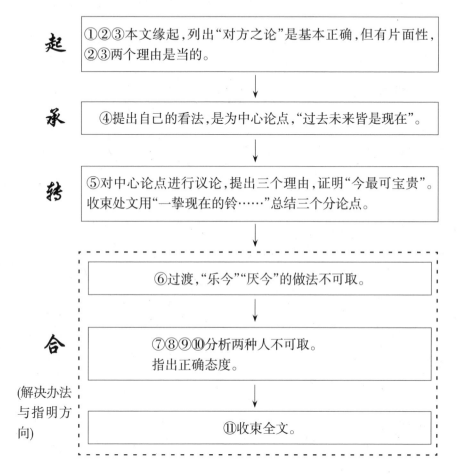

起　①②③本文缘起,列出"对方之论"是基本正确,但有片面性,②③两个理由是当的。

承　④提出自己的看法,是为中心论点,"过去未来皆是现在"。

转　⑤对中心论点进行议论,提出三个理由,证明"今最可宝贵"。收束处文用"一挈现在的铃……"总结三个分论点。

合

(解决办法与指明方向)

⑥过渡,"乐今""厌今"的做法不可取。

⑦⑧⑨⑩分析两种人不可取。
指出正确态度。

⑪收束全文。

十 解读《论贵粟疏》

学习要点

1.本篇属于议论文的又一种新形态:说明式议论文。作者的目的当然也是为了说服对方,但要探讨的问题对于对方属于一个新鲜的命题,所以不但要说服对方还要给对方解释清楚,让对方明白是怎样一回事。晁错在本篇中不仅要说服朝廷上下都要重视粮食,还要让大家都明白怎样才是"贵粟",以及"贵粟"之后会产生的效力。因此,说服说服,不仅有"服",还得有"说"。是以"服"为主还是以"说"为主,要看议题自身以及对方的情况来定。

2.关于晁错的情况,可以看后面苏轼的《晁错论》,有更为详细的介绍。

3.对比,属于修辞而不是论证证明。对比,是对正反两种情况或相似的两种情况的结果加以比较,作用是使读者获得深刻的印象。对比之中没有推理,没有从一方所拥有的某种属性推出另一方也具有某种属性。

知识准备

一、《论贵粟疏》引自《汉书·食货志》,作者晁错。晁错,颍川(今河南禹州)人,汉初政治家、经济家。年轻时习学法家学说,汉文帝时为太子家令,有辩才,号称"智囊"。汉景帝时为内史,后升迁御史大夫。他多次向汉景帝上书,主张加强中央集权、削减诸侯封地、重农贵粟。吴、楚等七国叛乱时,他被景帝错杀。晁错的经济思想,散见于《汉书》的《食货志》《爰盎晁错传》等篇。本篇是晁错当时给汉文帝的奏疏,文章全面论述了"贵粟"的重要性,提出重农抑商、入粟于官、拜爵除罪等一系列治国主张,文章注重摆事实,讲道理,前后相承,步步深入,被誉为"明允笃诚,强志成务"。

二、"贵粟",动宾结构,古汉语中特有的意动用法。意动,是形容词(也有名词、数词)被用为动词,后面带名词宾语。这里的动词,是"心中认为"的含义,"贵粟",即"心中认为'粟'是珍贵的",粟,是粮食的代称,"贵粟"可以直译作"重视粮食"。本篇中相似处为"是故明君贵五谷而贱金玉"一句中的"贵五谷"——认为五谷珍贵,即重视五谷,"贱金玉"——认为金玉低贱,即轻视金玉。

另外,古汉语中也还有形容词作动词的使动用法——形容词作动词,是使宾语指代的事物呈现出形容词的属性来,如"贵粟"按使动用法理解,就是"使粮食贵起来",即让粮食价格上涨。两者之间造成意义的细微差别需要在阅读中仔细体会,区别方法是:意动只是心里的想法,不是事实;而使动,则需要造成客观的事实。

三、秦朝是中国第一个以武力统一中国的封建王朝,秦王朝统治年代虽短,但其苛酷的暴政给社会带来极大的破坏。汉王朝继承了这样一个烂摊子,从朝廷到百姓,都被残破的社会经济困扰着,史书记载:"天子不能具钧驷",将相只能乘牛车,"民失作业而大饥馑。凡米石五千(钱),人相食,死者过半",一片凋敝景象。汉高祖只能除秦苛法,采取休养生息、无为而治的办法以图恢复社会的正常秩序。文帝景帝延续高祖刘邦之治,社会经济有了较大恢复,但治国纲领仍欠清晰。晁错在经过深思熟虑后,向景帝上了这篇奏疏,得到了景帝高度认同,并得以推行。《论贵粟疏》为国家的强盛作出了重要贡献。而文中所谈"损有余补不足,令出而民利"的思想也成为国家治理的重要思想。

原 文

论贵粟疏

(汉)晁错

①圣王在上,而民不冻饥者,非能耕而食之,织而衣之也,为开其资财之道也。故尧、禹有九年之水,汤有七年之旱,而国无捐瘠者,以畜积多而备先

具也。今海内为一,土地人民之众不避汤、禹,加以无天灾数年之水旱,而畜积未及者,何也?地有遗利,民有余力,生谷之土未尽垦,山泽之利未尽出也,游食之民未尽归农也。

②民贫,则奸邪生。贫生于不足,不足生于不农,不农则不地著,不地著则离乡轻家,民如鸟兽。虽有高城深池,严法重刑,犹不能禁也。夫寒之于衣,不待轻暖;饥之于食,不待甘旨;饥寒至身,不顾廉耻。人情一日不再食则饥,终岁不制衣则寒。夫腹饥不得食,肤寒不得衣,虽慈母不能保其子,君安能以有其民哉?明主知其然也,故务民于农桑,薄赋敛,广畜积,以实仓廪,备水旱,故民可得而有也。

③民者,在上所以牧之,趋利如水走下,四方无择也。夫珠玉金银,饥不可食,寒不可衣,然而众贵之者,以上用之故也。其为物轻微易藏,在于把握,可以周海内而无饥寒之患。此令臣轻背其主,而民易去其乡,盗贼有所劝,亡逃者得轻资也。粟米布帛生于地,长于时,聚于力,非可一日成也。数石之重,中人弗胜,不为奸邪所利;一日弗得而饥寒至。是故明君贵五谷而贱金玉。

④今农夫五口之家,其服役者不下二人,其能耕者不过百亩,百亩之收不过百石。春耕,夏耘,秋获,冬藏,伐薪樵,治官府,给徭役;春不得避风尘,夏不得避暑热,秋不得避阴雨,冬不得避寒冻,四时之间,无日休息。又私自送往迎来,吊死问疾,养孤长幼在其中。勤苦如此,尚复被水旱之灾,急政暴虐,赋敛不时,朝令而暮改。当具有者半贾而卖,无者取倍称之息;于是有卖田宅、鬻子孙以偿债者矣。而商贾大者积贮倍息,小者坐列贩卖,操其奇赢,日游都市,乘上之急,所卖必倍。故其男不耕耘,女不蚕织,衣必文采,食必粱肉;无农夫之苦,有阡陌之得。因其富厚,交通王侯,力过吏势,以利相倾;千里游遨,冠盖相望,乘坚策肥,履丝曳缟。此商人所以兼并农人,农人所以流亡者也。今法律贱商人,商人已富贵矣;尊农夫,农夫已贫贱矣。故俗之所贵,主之所贱也;吏之所卑,法之所尊也。上下相反,好恶乖迕,而欲国富法立,不可得也。

⑤方今之务,莫若使民务农而已矣。欲民务农,在于贵粟;贵粟之道,在

于使民以粟为赏罚。今募天下入粟县官，得以拜爵，得以除罪。如此，富人有爵，农民有钱，粟有所渫。夫能入粟以受爵，皆有余者也。取于有余，以供上用，则贫民之赋可损，所谓损有余、补不足，令出而民利者也。顺于民心，所补者三：一曰主用足，二曰民赋少，三曰劝农功。今令民有车骑马一匹者，复卒三人。车骑者，天下武备也，故为复卒。神农之教曰："有石城十仞，汤池百步，带甲百万，而无粟，弗能守也。"以是观之，粟者，王者大用，政之本务。令民入粟受爵，至五大夫以上，乃复一人耳，此其与骑马之功相去远矣。爵者，上之所擅，出于口而无穷；粟者，民之所种，生于地而不乏。夫得高爵也免罪，人之所甚欲也。使天下人入粟于边，以受爵免罪，不过三岁，塞下之粟必多矣。

⑥陛下幸使天下入粟塞下以拜爵，甚大惠也。窃窃恐塞卒之食不足用大渫天下粟。边食足以支五岁，可令入粟郡县矣；足支一岁以上，可时赦，勿收农民租。如此，德泽加于万民，民俞勤农。时有军役，若遭水旱，民不困乏，天下安宁；岁孰且美，则民大富乐矣。

解　读

严格来说，本篇算不得是一篇议论文，而应该是篇说明文：做臣子的，把自己的意见、想法与建议提交给皇帝，让皇帝明白了，实行不实行自是皇帝的事情。所以叫说明文，就是把事情说明白了，便是达到了目的。

但这也只是表面上的目的，说明的背后，其实还是想把对方说服以使对方接受自己的意见、想法与建议，如果做不到，那还费那么大的气力去写这篇文章做什么？所以，说明文的潜在目的还是要说服对方，要把问题、建议，说得有理有据，"不服不行"。

所以，本篇即使算议论文，也和我们特别讨论的论辩式议论文不同，或者我们把这种类型的议论文称为"说明式议论文"。

说明式议论文具有哪些特点呢？

第一，它不需要像论辩式议论文那样有个宏观的、一气呵成的整体大结构:引起议论的话题—表述自己的中心论点—用几个理由进行论证分析—收束全篇的强调性的总结,而是需要把握对方的思路,一环扣一环地将对方引导到要达到的目标终点。说明式议论文是一种线性结构,由几个"提出问题—分析问题—解决问题"的环节组成连续相接的议论链条。这些环节需要环环相扣、精巧设置。

第二,每个环节都要提出问题,再用分析的方式解决问题,简直就可以算是一篇小议论文。通过观察可以发现,每个环节分析时自然也使用演绎、归纳、类比等论证方法,但由于每个环节都比较短,所以论证起来不会很严格,有时只谈事例论据而不申说理由,有时只说理由而不摆论据,有时仅提出类比而不作分析,甚至有时只做论证而不讲论点,但论据、论证、论点三者都不会缺少,在阅读时读者自己都会予以补足,所以导致议论显得有些跳宕,阅读时不细心揣摩便不易把握说明式论辩的总体论证思路。

第三,因为上述第一、第二两个原因,使得说明式论辩的文章在结构上很像散文,如果偏重在论据情节的叙述上,每个环节中的分析亦比较自由、活泼,再加上喜欢旁征博引,则会变成杂文;如果是这种说明式论辩具体进程的记述,则成为记言体的史传散文或诸子散文。如此各般的说明式论辩最后形成的文体样式的确十分丰富,我们会一一举出范例文章进行讲解。

还是回到《论贵粟疏》上来,同样加上数字符号,表明它是由六个链环构成的。

第①个链环,属于开篇,位置相当重要。所以作者上来就提出一个严重问题:圣王对于国家和百姓而言,他的价值是什么? 观点很清晰:是为百姓开"资财之道"的。随即用了一个古今对比:有水旱大灾的尧、禹、汤时代,国家很平安。而今天无灾无难,土地人民也数量众多,却出了大问题,所以证明今天的圣王没有开好资财之道。这个链环也是全篇要解决的问题。

第②个链环,用一个假言判断提出问题:如果民贫,就会产生奸邪。然后由一系列倒装因果指出解决问题的办法,就是"务民于农桑,薄赋敛,广畜积,以实仓廪,备水旱"。

第③个链环,提出的问题是:还有比五谷更可宝贵的东西吗? 论者用了常人会考虑到的金玉，来与五谷作对比，说明最重要的是还是五谷。理由是粮食不可缺，而金玉更为不法之徒喜欢。

第④个链环，提出的问题是：为什么人们愿意当商人而不愿当农夫？晁错仍然使用商人与农夫生活实际情况的对比，来辨析社会出了毛病："今法律贱商人，商人已富贵矣；尊农夫，农夫已贫贱矣"，愿望与实际相悖，其后果当然是"欲国富法立，不可得也"。

前四个链环，步步紧逼：①是高屋建瓴，指出作为圣君，"开资财之路"是他最重要的职责，②是直逼要害，"开资财之路"的核心在务民于农桑，③是转换认识，对于国事，五谷比金玉更为重要，④是解决根本，欲国富法立，必须改变商贵农贱。每个链环，都有论证，环环相扣，观点也都阐述清楚。接下来就是具体的做法了。

第⑤个链环：贵粟的办法就是以粟为赏罚。赏罚如何使用，施行有何效果，为国何种益处，娓娓道来，十分清晰，说明的成效，蔚然可观。

第⑥个链环，再从小处说到大处：贵粟对国家和朝廷的好处：民不困乏，天下安宁！

本文的六个段落，大体上说也是标准的议论文范式：

第①段用古今对比引出话题，是为缘起。

第②段提出自己的观点：故务民于农桑，薄赋敛，广畜积，以实仓廪，备水旱，故民可得而有也。

第③、④、⑤三段自然是对中心论点的论证，但这些论证偏于说明：粮食比金玉宝贵、农民比商人重要、以粟为赏罚给国家带来直接的效力。

第⑥段为本篇议论的总结收束：贵粟的好处利国利民，天下安宁。

说明中是含有议论的，议论则是使说明更有说服力量。这是我们论及说明式论辩的第一篇文章。从具体写作来看，说明式议论文比论辩式议论文难写一些，但如果能找准学习的范文，认真研读，掌握起来也并不难。

思考提示

一、以本篇为例，提出了"说明式议论文"的体例，需要本书读者认真体会，辨明它和我们较多要求学生掌握的"论辩式议论文"的文体差异。诚如上文分析，说明式议论文文体更为活泼、散漫，带有散文的特色；掌握起来难度更大一些——好像结构上不要求那么周密，初学者就会感觉难以把握，那么在阅读时就更要体味优秀的说明式议论文写作的规律，并予以借鉴变成自己的能力。

还有一种指称为"夹叙夹议"体，边叙述边议论。我们首先明确地说，《论贵粟疏》不是夹叙夹议，它是说明中的逐层介绍，各层间形成一种链环关系，它比夹叙夹议要严谨得多，后面我们也会举出夹叙夹议的文章列为范文进行分析。

二、本篇写作的一个重要特色是对比的大量使用，而且非常灵活，富于变化。第①段里，用尧、禹、汤时代的国情和今日的国情进行对比，指出根源在于是否为民开资财之道；第②段里，对"不务民于农桑"和"务民于农桑"两种做法的效果做了比较；第③段里，将珠玉金银和粟米布帛的民生价值和对统治者的利害所在做了对比，要求朝廷要贵五谷而贱金玉；第④段里，用农民与商人的实际生活以及国家对他们的态度所造成的巨大反差作对比，说明国家法令设置错误的严重后果；第⑤段的比较显得特别，它不是反差式比较，而是同效性比较：如果实行"入粟县官"，不同的三方即农民、富人、国家，都可受益，一举三得，何乐不为？第⑥段呼应第①段，借第①段的比较阐明实施"贵粟"国策将会取得的效果。若说第①段用的是明比，第⑥段采用的则是暗比。

使用比较，形象直观，对比鲜明，说服力是很强的。

三、本篇还有一个修辞现象值得注意，即"顶针"修辞格。

见于第②段的："民贫，则奸邪生。贫生于不足，不足生于不农，不农则不地著，不地著则离乡轻家……"

　　见于第④段的："今法律贱商人,商人已富贵矣;尊农夫,农夫已贫贱矣";

　　见于第⑤段的："方今之务,莫若使民务农而已矣。欲民务农,在于贵粟;贵粟之道,在于使民以粟为赏罚";

　　又见于第⑤段的："夫能入粟以受爵,皆有余者也。取于有余,以供上用,则贫民之赋可损,所谓损有余,补不足,令出而民利者也"。

　　顶针格,又称顶真、联珠或蝉联。组织修辞时,让上一句的末尾,成为下一句的开头,如此而一递一接地延伸开去,后世多用于诗歌、散文及俗谚。顶针格由于语句间上递下接,首尾蝉联,不仅结构显得齐整,而且语气紧凑贯通,在揭示事物本质或关系时更具有步步深入、直贯要害的气势。议论文中如此密集使用顶针格,晁错的《论贵粟疏》是相当早的一篇,由此可见晁错的语言功力。有人说晁错所传的文章皆属政论,平实厚重而少文采,以本篇而言,这个评价应该是不正确的。

　　四、本篇"知识准备"中谈了形容词意动用法,文中例子还有:

　　"离乡轻家"中的"轻",认为……很轻,即轻视家庭(第②段);

　　"然而众贵之者"中的"贵"(第③段);

　　"此令臣轻背其主"中的"轻"(第③段);

　　"而民易去其乡"中的"易"(第③段);

　　"今法律贱商人"中的"贱"(第④段);

　　"故俗之所贵,主之所贱也;吏之所卑,法之所尊也"中的"贵"、"贱"、"卑"、"尊"(第④段)。

　　以下句子中用作动词的形容词则是使动用法,使……怎样:

　　"薄赋敛,广畜积,以实仓廪"中的"薄"、"广"、"实"(第②段);

　　"养孤长幼在其中"中的"养"与"长",都不是形容词,但为使动用法(第④段)。

　　这些内容不必死记硬背,可以反复诵读,体会它们的意动语义和使动语义,熟能生巧,读得多了,语感自然就流露出来了。

附：议论思路

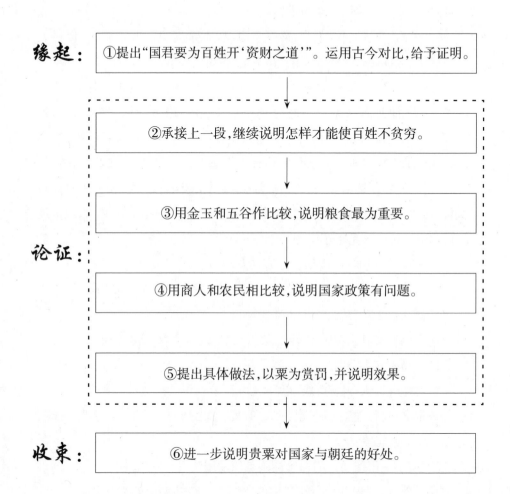

缘起： ①提出"国君要为百姓开'资财之道'"。运用古今对比,给予证明。

论证：
②承接上一段,继续说明怎样才能使百姓不贫穷。

③用金玉和五谷作比较,说明粮食最为重要。

④用商人和农民相比较,说明国家政策有问题。

⑤提出具体做法,以粟为赏罚,并说明效果。

收束： ⑥进一步说明贵粟对国家与朝廷的好处。

十一　解读《齐桓晋文之事章》

学习要点

一、与《论贵粟疏》相似,也属于说明型议论文,但比《论贵粟疏》要家常得多、温柔得多,文章完全包裹在对坐把茗、对话聊天的情境之中;在齐宣王挑起话题之后,孟子先是占住主动,引导话题向自己所需的方向发展,然后句句机锋,将宣王逼到不得不缴械投降的地步。学习时请体会本文的文风及孟子论辩的技巧。

二、文章第三部分,作者对自己中心论点的证明中,四个分论点不是并列的,而是有着清晰的递进关系:1.再接再厉,强调自己"认为宣王完全可以实行王道"的观点;2.类比分析,指出宣王现在不实行王道"不是不能做而是不肯做"的实质;3.堵其后路,从反面说明"不行王道而欲得起大欲,只能适得其反";4.正面引导,说明"实行王道,一样可以获得大欲",四个分论点成为"进—比—堵—引"的递进关系。

三、说明中的"类比议论",以讲故事作为论辩的特色,比归纳推理、演绎推理更易打动对方。本篇中将"以羊易牛"、"举羽察薪"、"挟山折枝"、"缘木求鱼"、"邹与楚战"、"衣帛食肉"等生活实例列出在论辩之中,给读者留下深刻的印象。

知识准备

一、孟子的生平事迹在《外人皆称夫子好辩章》已有介绍，那篇文章表现的是孟子"论辩式议论"的成就。孟子更为著名的文章实为本篇，但大家都关注本篇所表达孟子的"民本"与"仁政"思想，而忽略对他如何议论的技巧研究。议论技巧虽然属于写作范畴的研究对象，但没有写作的本领怎能写出如此精彩的文章？我始终持这样的观点：学习他人写的文章，他的思想我们要分析，因为不一定全都符合自己的时代和自己的需求，只能择善而从，但他的本领，却是我们要好好研究，好好分析并好好掌握的，而其掌握，也不是只此独门，全应该是自己要有十八般武艺（武器），研究透了，也就样样精通，对要辩论的"敌论"，便可所向披靡，直捣黄龙。孟子的这篇文章我们列在这里，是延伸刚刚讲完的《论贵粟疏》，继续分析说明式议论的问题。

二、齐宣王，姓田，名辟疆（？—公元前301年），他是战国时齐国国君，齐威王之子，妫姓，公元前320年继齐威王为田氏齐国第五代国君，公元前319—公元前301年在位。齐宣王执政齐国，有两件事可谈。一是公元前314年北方的燕国发生内乱，齐宣王乘机发兵干涉，只用50天就攻占燕国都城蓟（今北京），几乎灭掉燕国。但30年后燕昭王复仇，派乐毅率领燕、赵、楚、韩、魏五国联军攻齐，连下70余座城池，齐国只剩即墨、莒二城未失，幸有田单

孟子像

用火牛阵打败联军，才保齐国不亡。另一件是他见秦国招揽贤士使国家日益强大，也效仿而花费重资修建稷下学宫招揽各家学者，一时热闹非常。史载来稷下的学者有驺衍、淳于髡、田骈、接予、慎到、环渊、儿说、告子、宋钘、尹文、彭蒙、季真等人。孟子曾长住稷下30多年。集百家之大成的荀子，15

岁就来到齐国,是稷下学宫中资格最老的学者,曾三次担任学宫的领导"祭酒"职务。稷下学宫也成为"百家争鸣"的重要基地。齐宣王算不上明君,但在他执政期间,齐国不仅有较为快速的发展,而且因为重视文化与学术,也较大地提高了齐国的地位。

三、齐桓晋文,春秋五霸中最为显赫的两位即齐桓公、晋文公,其他三位是宋襄公、秦穆公和楚庄王(另一说是齐桓公、晋文公、楚庄王、吴王阖闾、越王勾践)。

公元前770年到前476年是中国的春秋时代。此时虽然有周天子高高在上,但其权威已渐渐消逝。这290年间,诸侯互相攻伐,征战不已,仅《春秋》记载的军事行动就有480余次,通过战争的兼并,春秋初期的140多个诸侯国只剩20余个,其中则以上述五霸的诸侯国先后把持了霸权。霸权的中心自然是比谁的拳头硬,被称为"霸道"。而以孔孟为代表的儒家则主张施行仁政,以仁立国来治理国家,才是真正的为王之道,这一学说则称为"王道"。本篇即是孟子与齐宣王交谈,劝他不要追随霸道而应实施王道的一篇议论型的文章。

原 文

齐桓晋文之事章

(先秦)孟子

①齐宣王问曰:"齐桓、晋文之事,可得闻乎?"

孟子对曰:"仲尼之徒,无道桓、文之事者,是以后世无传焉;臣未之闻也。无以,则王乎?"

②曰:"德何如,则可以王矣?"

曰:"保民而王,莫之能御也。"

曰:"若寡人者,可以保民乎哉?"

曰:"可。"

曰:"何由知吾可也?"

L1

曰:"臣闻之胡龁曰:'王坐于堂上,有牵牛而过堂下者;王见之,曰:"牛何之?"对曰:"将以衅钟。"王曰:"舍之!吾不忍其觳觫,若无罪而就死地。"对曰:"然则废衅钟与?"曰:"何可废也?以羊易之。"'不识有诸?"

曰:"有之。"

曰:"是心足以王矣。百姓皆以王为爱也,臣固知王之不忍也。"

③王曰:"然,诚有百姓者。齐国虽褊小,吾何爱一牛?即不忍其觳觫,若无罪而就死地,故以羊易之也。"

曰:"王无异于百姓之以王为爱也;以小易大,彼恶知之?王若隐其无罪而就死地,则牛羊何择焉?"

王笑曰:"是诚何心哉!我非爱其财而易之以羊也,宜乎百姓之谓我爱也。"

曰:"无伤也,是乃仁术也,见牛未见羊也。君子之于禽兽也:见其生,不忍见其死;闻其声,不忍食其肉:是以君子远庖厨也。"

④王说曰:"诗云:'他人有心,予忖度之。'夫子之谓也。夫我乃行之,反而求之,不得吾心;夫子言之,于我心有戚戚焉;此心之所以合宜王者,何也?"

曰:"有复于王者曰:'吾力足以举百钧,而不足以举一羽;明足以察秋毫之末,而不见舆薪。'则王许之乎?"

曰:"否!"

"今恩足以及禽兽,而功不至于百姓者,独何与?然则一羽之不举,为不用力焉;舆薪之不见,为不用明焉;百姓之不见保,为不用恩焉。故王之不王,不为也,非不能也。"

曰:"不为者与不能者之形,何以异?"

曰:"挟太山以超北海,语人曰:'我不能。'是诚不能也。为长者折枝,语人曰:'我不能。'是不为也,非不能也。故王之不王,非挟太山以超北海之类也;王之不王,是折枝之类也。"

"老吾老,以及人之老;幼吾幼,以及人之幼;天下可运于掌。诗云:'刑于寡妻,至于兄弟,以御于家邦。'言举斯心加诸彼而已。故推恩足以保四海,不推恩无以保妻子。古之人所以大过人者,无他焉,善推其所为而已矣!今恩足以及禽兽,而功不至于百姓者,独何与? 权,然后知轻重;度,然后知长短。物皆然,心为甚。王请度之。抑王兴甲兵,危士臣,构怨于诸侯,然后快于心与?"

王曰:"否,吾何快于是! 将以求吾所大欲也。"

⑤曰:"王之所大欲,可得闻与?"

王笑而不言。

曰:"为肥甘不足于口与? 轻煖不足于礼与? 抑为采色不足视于目与? 声音不足听于耳与? 便嬖不足使令于前与? 王之诸臣,皆足以供之。而王岂为是哉?"

曰:"否。吾不为是也。"

曰:"然则王之所大欲可知已。欲辟土地,朝秦楚,莅中国而抚四夷也。以若所为,求若所欲,犹缘木而求鱼也。"

王曰:"若是其甚与?"

曰:"殆有甚焉。缘木求鱼,虽不得鱼,无后灾;以若所为,求若所欲,尽心力而为之,后必有灾。"

⑥曰:"可得闻与?"

曰:"邹人与楚人战,则王以为孰胜?"

曰:"楚人胜。"

曰:"然则小固不可以敌大,寡固不可以敌众,弱固不可以敌强。海内之地,方千里者九,齐集有其一;以一服八,何以异于邹敌楚哉! 盖亦反其本矣!"

"今王发政施仁,使天下仕者皆欲立于王之朝,耕者皆欲耕于王之野,商贾皆欲藏于王之市,行旅皆欲出于王之涂,天下之欲疾其君者,皆欲赴愬于王。其若是,孰能御之?"

⑦王曰:"吾惛,不能进于是矣! 愿夫子辅吾志,明以教我。我虽不敏,请尝试之。"

曰:"无恒产而有恒心者,惟士为能。若民,则无恒产,因无恒心。苟无恒心,放辟邪侈,无不为已。及陷于罪,然后从而刑之,是罔民也。焉有仁人在位,罔民而可为也!是故明君制民之产,必使仰足以事父母,俯足以畜妻子;乐岁终身饱,凶年免于死亡。然后驱而之善,故民之从之也轻。今也制民之产,仰不足以事父母,俯不足以畜妻子;乐岁终身苦,凶年不免于死亡。此惟救死而恐不赡,奚暇治礼义哉!王欲行之,则盍反其本矣!五亩之宅,树之以桑,五十者可以衣帛矣;鸡、豚、狗、彘之畜,无失其时,七十者可以食肉矣;百亩之田,勿夺其时,八口之家可以无饥矣。谨庠序之教,申之以孝悌之义,颁白者不负戴於道路矣。老者衣帛食肉,黎民不饥不寒,然而不王者,未之有也。"

解　读

　　这篇议论文,是阐述孟子王道思想极重要的一篇议论文,但它并不声色俱厉地驳斥什么或是态度严肃地证明什么,它就是一篇从容不迫、和风细雨的聊天记录。一君一臣,一颦一笑,似乎不过是在那里交换着各自的心得体会,中间甚至还能感受得到双方的讪笑与幽默的神情。我们也还是先给文章分分段,标号后确定是七个层次,划为七段。

　　第①段,齐宣王请求孟子给他讲讲春秋著名霸主齐桓晋文的事迹,"可得闻乎",显得很亲切也很迫切,急于知道霸主的事情,以便自己好好学习。孟子则轻轻一句判断给予回绝,话还说得很大:我们做孔夫子学生的,没有说他们的事迹的,所以后世就没有人传讲这些东西了,我也从来没听说过。您一定要听,那我们就说说王道的事情吧。

　　我们推想,孟子其实很了解霸道的事情,但他原则性强,不信奉的事情就不会说,做事又执着,有机会就要宣传一下自己的主张,表面笑嘻嘻,但直抓齐宣王的痒痒处:看来您很希望成为强者,王道也可以啊,咱们就聊聊呗,话题一下子就由自己控制住了。

　　第①段是开头,是入题。本来对手想谈另一个话题,孟子根据对方的渴求心理巧妙地转移了话题,让谈话沿着自己预设的方向前进。第②段果然就此展开,孟子仍然循循善诱,发展着这个自己预设的话题。

齐宣王问怎么做才算王道,孟子告诉他:保民就是王道。

齐宣王问我能做到保民吗? 孟子一个字的答案很干脆:可。

齐宣王疑惑:你从哪知道我可以呢? 孟子举了齐宣王舍牛而不舍羊的实事来作证据,斩钉截铁告知齐宣王:是心足以王矣。用事实论据完成了议论的第一个链环:齐宣王你有施行王道的基础。

第③段作为说明型议论的第二个链环,开始对齐宣王进行深入剖析讲解了。齐宣王自己发现了矛盾:齐国很大,我怎会吝啬一头牛呢? 可是百姓都说我很小气啊。孟子则以另一种价值观对此做出判断:这就是爱心啊,因为实质是"见其生,不忍见其死",生活中不就是这样吗? 君子也吃各种肉食,但总是离开厨房远远的,就是这个道理。

第二个链环,打消了齐宣王的疑虑,证明齐宣王以羊易牛的举动就是出自爱心,巩固了第一个链环的论证:齐宣王您是充满爱心的,当然有实行王道的基础。

聊到这儿,孟子只解决了齐宣王心中对百姓说自己"小气"的疑虑,齐宣王并没有就此而接受王道的理论,所以他高兴了一番"夫子言之,于我心有戚戚焉",然后只是似乎顺便问了句:我这番心思合乎你说的那个王道,是怎么一回事呐?

第④段,绕来绕去终于算是进入正题了,孟子严肃起来,用了一个类比推理:有人说自己能举起一百钧的重物,但举不起一根羽毛;能看清猫狗身上毫毛的末梢,却看不见一车薪柴,是有力气却不用,有眼力却不看,推出:您齐宣王有这么好的基础,却不行王道,都是可以做却不做,一模一样而已。

齐宣王倒是一个肯动脑子思考的家伙,他马上跟进一个问题:不肯做与不能做,表现上有什么不同呢? 孟子仍然用类比推理证明自己的观点:夹起泰山飞过北海,告诉别人我不能,是真的不能;但为一位老人家折一根树枝,告诉别人我不能,就是不肯做了。宣王您不实行王道,就是后一种情况:不肯做,而不是不能做。

图已穷了,匕首该亮了,该说说王道究竟怎么回事了。孟子开始从正面阐述自己的王道主张:俗话和《诗》里都强调要把对家中老小、妻子兄弟的爱心推广到四海中去,您齐宣王能有对禽兽的爱心,为什么不能推广成对人的爱心呢? 接下来又反诘齐宣王:您不会是把杀人构怨当成人生最大的快乐吧?

对这个问题,齐宣王哪能当面回答说是呢,只好掩盖一下:我是另有追求的人呢。

第④段作为说明型议论的第三个链环,它又由三个小链环组成:a.王道对于您,可以做却不做;b.您不是不能做,而是不肯做;c.王道不过就是把爱洒满人间而已,很容易做。这三个小链环,都是直触要害,话里藏有很尖锐的机锋,但孟子用的是讲故事、拉家常般的类比。我们在阅读中可以体会孟子脸上的笑容以及温婉的语气,图打开了,里面不是杀气腾腾的匕首,倒是一面美轮美奂的镜子:请宣王您来照照镜子吧,干嘛不做好事却偏要打打杀杀呢?

可惜宣王根本不是愿对百姓施爱的人,他用"我另有大欲"虚晃一枪,从镜子前逃开了。

孟子犀利,但对对方不能是揭露,只能是引导,或者就是诱导。说到"大欲",还得跟着走:不悄悄地潜入敌营,怎么摸清敌心? 反正你亮出了剑,我手里就有刀;你挂上了锁,我就拿出钥匙,专开你这把锁——第⑤段里,孟子就来探营了。

齐宣王避而不答,孟子就来个火力侦察:我猜猜您的大欲吧。吃喝玩乐对您都不是问题,那就很清楚了,您打算效仿齐桓晋文,欲"辟土地,朝秦楚,莅中国而抚四夷"。那就实话实说吧,您的大欲就是缘木求鱼,适得其反啊。

齐宣王到这儿才算吃了一惊:能有这么严重?

孟子又做出了一个判断:缘木求鱼,不会酿成大祸;若是以若所为,求若所欲,那可是"后必有灾"啊。

说到这里,第⑥段里孟子要施出最后一击了,但还是先循循善诱地讲个故事,导出"小固不可以敌大,寡固不可以敌众,弱固不可以敌强"的真理,进行演绎,得出结论:齐国再大再强,也是要以一服八,强弱立判,何必做霸道的傻事呢？再进行对比：实行王道，一样可以使仕者、耕者、商贾、行旅、怨人都聚到齐国来，不一样可以成为天下第一吗？

第⑥段是第五个链环，齐宣王要逃逸，孟子索性就堵住他的这条逃路，使齐宣王终于乖乖就擒，进入第⑦段的第六个链环：正面阐述王道就是要让百姓先有恒产，再立恒心，然后驱民向善。反面的后果及具体的做法一一道来，美景是"颁白者不负戴於道路矣。老者衣帛食肉，黎民不饥不寒"，天下和美，其乐融融，一幅王道行乐图，呼应开头——咱们儒家只讲王道，因为王道才是正道啊，结束全文。

本篇的议论没有剑拔弩张，没有声嘶力竭，一环紧扣一环，就像棋盘两端，各持楚汉，手中落子快慢有节，脸上笑容总不消失，似是闲聊话中有话，你来我往王霸相争。七个段落，七个链环，我们再梳理一下：

①请君入瓮，齐宣王要谈霸道，孟子强行转入自己要谈的话题—②单刀直入，宣王你有实施王道的心理基础—③再接再厉，进一步打消宣王心中的疑虑—④类比分析，对于王道，你不是不能做，而是不肯做—⑤堵其后路，你不行王道以获大欲，一定适得其反，后患频频—⑥正面引导，实施王道，一样可获得大欲—⑦展现前景，实施王道的美好幸福，何乐不为？

七个段落，每段都有自己的小论点，然后步步为营，最终奔向结论，实现议论目标，各个小论点之间是一种承接关系；而议论的思路则是该说则说，该堵则堵，该扭则扭，该疏则疏，虽然也是一场论辩，但不属于论辩性议论，没那么激烈的交锋，没那么炽烈的火气，长蛇灰线，婉婉道来，这就是说明型议论文的特点与文风，孟子对此也驾驭得十分娴熟，整篇文章水到渠成。

思考提示

一、本篇所记述齐宣王与孟子讨论"齐桓晋文之事"，不一定是史实。关于孟子生平的史料不多，虽然有记载说孟子曾带学生游历了魏、齐、宋、鲁、滕、薛等国，并一度担任过齐宣王的客卿，但由于他的政治主张也像孔子一样而不被重用，所以孟子可能与齐宣王讨论过王道与霸道的话题，但是否如本文所记这样成功则值得商榷，可能是著者事后追记并铺排成文。《孟子》一书著者为谁，史界与学界意见也不一致，司马迁等认为是孟子自著，其弟子万章、公孙丑等人参与；赵岐、朱熹、焦循等人认为是孟子自著；韩愈、苏辙、晁公武等人认为是其弟子万章、公孙丑等人追记。目前采用较多的是司马迁等人的说法。

二、本篇的议论做得很好，可为后世学习范本，但实际效果却并不如所写的那么美好。齐宣王看似承认"吾惽，不能进于是矣！愿夫子辅吾志，明以教我。我虽不敏，请尝试之"了，但史料上却没有齐宣王照孟子的学说实施王道的记载，文章的最后也只是以孟子对未来的描画作结，所以看来作者也仅仅是托齐宣王之名表述自己王道主张。主张内容是真实的，人名可能是假托的。那个时代这么写倒也没大关系，然而今日若再如此，就可能会产生名誉权方面的法律问题了，学习者需要留意于此。

三、孟子的说明型议论文写得较多，但研究者很少注意到这一类议论文的写作规律。这类议论文相对来说比论辩性议论文难以把握，可参照阅读：《孟子·梁惠王下·寡人之于国也》、《孟子·许行篇》等进行阅读和体会。

附：议论思路

缘起：　①请君入瓮。齐宣王要谈霸道,孟子强行转入自己要谈的话题。

承接：　②单刀直入。表明自己的中心论点,宣王你有实行王道的心理基础。

转入论证：

③再接再厉,进一步打消宣王心中疑虑。

④类比分析,指出宣王不是不能实行王道,而是不肯做。

⑤堵其后路,不行王道而欲得到大欲,只能适得其反。

⑥正面诱导,实行王道,一样可以获得大欲。

收束全文：　⑦展现前景:实施王道,百姓幸福,国家强大。

十二　解读《子产论政》五篇

学习要点

一、这本书的后半部分,把先秦一部重要史籍《左传》中一位著名人物的行状集中记载,形成"子产论政"的五篇;同时又把宋代一位著名文学家、政治家苏轼的四篇历史人物论放到一起,共是九篇。这样做,一是看看一位作者写一个历史人物的论辩事迹,是怎样写出他面对不同的论辩对象所采取的多样化论辩技巧(甚至是行为)。二是看一位作者,针对不同的历史人物,如何根据自己的写作诉求确立论点并展开论辩的。由此体会议论文的多样性,以及如何因时、因地、因人确定论辩方向及写作策略,从而扩大自己的阅读视野,丰富自己的论辩技巧以形成自己的特色。

二、本篇提出一个观点:读史就是读议论文。尽管历史学界有一种客观记载历史的呼声,但任何一位历史学者都做不到纯客观地记载史实,他的选材、分析、记述、表现以及言辞,都必然带有他对历史的认知和解释,更何况中国自古就有"春秋笔法"的史学传统。即使一篇史著是纯粹的记事,著者的选材、轻重、炼字等等都会有他的倾向性,更何况是自己直接表述或是引用他人话语(诗词、言谚等),都是观点或明或显的表述,那么就要学会透过情节看意图,透过现象看本质。本篇所叙述子产的所言所行,都有作者的态度在其中。

对过去的史籍要持这种观点,对今天的新闻报道也要持这种观点。

三、前文已经论及判断对议论的重要性,在本篇的学习中要更进一步加深对判断的理解和它在议论中所具有的意义和可以发挥的作用。

判断的表现形态属于形式逻辑学科范畴,但判断的意义却属于认知与思维科学的范畴。近三十年来，学科发展有把形式逻辑学科置为形式主义的倾向，因而判断很少在教学体系中出现。由于忽略它在认知与思维科学中的地位，导致学生认知和思维能力的削弱，这个教训要认真吸取。

《子产论政》中，由于以叙事为主，敌论的设置和论者的论辩基本以对话中的判断为主，用判断表述理由，而较少做分析。阅读起来则显得决绝果断，语气也铿锵有力，给议论文带来了另一种韵味。

知识准备

一、中华民族极富历史情结，自有国家以来，便设立史官，对国家、社会与民族发生的重大事件都及时记录下来。中国的儒家经典"五经"，其中《春秋》是直截了当的历史著作，而另外文学经典《诗经》、政治经典《尚书》、伦理经典《礼记》、哲学经典《易经》，也都具有浓厚的历史韵味。史官也是一个国家中知识分子的代表，强调的是"直笔"笔法、"春秋"精神，大意是：历史要如实书写，书写中表明评价。直笔的代表是春秋晋国的太史令董狐。当时晋国国君为晋灵公，昏庸无道且极端残忍。赵盾是他的相国，百般劝他，就是不听，只好逃亡。晋灵公倒行逆施，激起众愤，被晋国大臣赵穿杀死，赵盾才得以返回，立晋灵公的儿子为国君即晋成公。事情平息以后，赵盾不知史官会怎样记载此事，找来董狐，董狐说此事已载入史册，内容为"秋七月，赵盾弑国君"。赵盾急忙辩解，说灵公不是自己杀的，董狐毫不退让，指出赵盾时任相国，虽然晋灵公被杀时身在逃亡中却并没走出国境，回到朝廷后也没有惩治凶手，责任不在你又在谁呢？赵盾对此无可奈何，只好默认。

"春秋"精神的代表是孔子，他在撰写史籍《春秋》时，不仅严格地记录历史大事，而且运用美妙的文字，精炼而准确地表达自己对史实和人物的评判态度。如《春秋》起始"隐公元年"一段记载郑庄公平定国内叛乱一事，只用了六个字"郑伯克段于鄢"，段是郑庄公的弟弟，孔子批评郑庄公不从叛乱萌芽期就对段进行教育与钳制，故意放纵，弄得最后兵戎相见，不配为"公"，故以"郑伯"表示轻蔑。段全名共叔段，又号"京城大叔"，却发动叛乱，并祸及母亲,孔子认为不配他的国君"弟弟"身份,故直呼其名"段"。庄公与共叔段,本是兄弟相争,孔子又故意用了一个表示国家间战争的词"克",揭露王室内部就是这样荒唐混乱。

由此,我们可知历史著作,尤其是中国的历史著作,虽然都是在记载历史上重要的人物活动和重大的历史事件,但在它们背后都有记载者的观点在,它们是依据记载者的观点被选择并且被记录的。有的时候,作者担心所作的历史记载读的人没能理解,索性直接出面对所作进行点评,譬如《史记》,每篇传记后面都会带有"太史公曰"的评点,《左传》的各篇记载之后,也往往会有"君子曰"的评点,就是这个原因。我在对当代电视的研究中也发表过一个观点,大意是:电视节目可以分为三大类,第一类是新闻类节目,包括电视新闻(如 CCTV"新闻联播")、新闻专题(如 CCTV"焦点访谈")、深度报道(如 CCTV"新闻调查")、新闻评述(如 CCTV"新闻会客厅")等;第二类是知识类节目,包括各种社会、法律、生活各方面的电视专题;第三类是娱乐类节目,包括综艺节目、电影电视剧、舞台及体育场直播(或录播)。我们着重说第一类新闻类节目,新闻学理论指出新闻,就是记录和报道新近发生的事件,很像史籍作者的行为,其实由于"把关人"现象和"议程设置"现象的存在,新闻的作者与报道者都是在为一个还处于隐形状态下的观点在向公众与读者提供连续不断的论据。在这个问题上,新闻和历史的写作是相同的,我们要学会"看历史和看新闻都是在阅读议论文"的观点,写作起来才算是把握了自己写作的核心目标。

二、建立起读史籍就是读议论文的观点,我们就可以研究那些表面是记叙文的优秀史著了,我们选择了原载于《左传》而被选入《古文观止》的五段文字,都是关于春秋时郑国的相国子产的史料,我们归在一起,合称为《子产论政》,但分别讲解。它们虽然是史传散文,但都富含了议论的内容,标题均为《古文观止》的作者所加。

第一篇是襄公二十四年的《子产告范宣子轻币》,讲述晋国的执政大臣范宣子依仗晋国的霸主地位,向各诸侯国索取贿赂,各诸侯国对此叫苦不迭,子产趁郑伯到晋国朝拜的机会,让子西带一封信给范宣子,信中议论了一番道理,使范宣子改变了做法。

第二篇是襄公三十一年的《子产坏晋馆垣》,讲述子产陪郑简公到晋国朝拜并进贡,晋国很傲慢,一直拖着没见。子产就派手下把晋国宾馆的围墙都拆了安置车马。晋平公派大臣士丐前来质问,子产一番辩论,使晋平公自知理亏,按照礼仪接见了郑简公。

第三篇是襄公三十一年的《子产论尹何为邑》,郑国的上卿子皮想委派尹何担负治国重任,子产认为尹何年轻,难当重任。他与子皮做了一番议论,使子皮改变了主意。

第四篇是昭公元年的《子产却楚逆女以兵》,叙述楚国的公子围,带兵到郑国聘问,同时准备迎娶公孙段家的女儿为妻。子产不希望楚国士兵进城,派子羽前去说服了公子围。

第五篇是昭公二十年的《子产论政宽猛》,叙述子产病重,告诫儿子太叔执政宽与猛的区别,后来果如其所告诫。孔子得知此事,对子产的执政宽猛观做了评论,并在子产去世之后对他做了评价。

子产像

左丘明像

五篇叙述史实的记述,充满了议论的味道,所以《古文观止》作者命题时有三篇用了"告"、"论"等字样,强调了议论的色彩。五篇史传散文,涵盖了议论的三大方面:论事——第一、二、四篇;论人——第三篇;论事并论人——第五篇。可见《左传》的作者对议论理解得是多么透辟。

三、子产,姓公孙,名侨,字子产,又字子美,郑穆公之孙,公子发(子国)之子,故称公孙侨。春秋时期郑国(今河南新郑)人,著名的政治家和思想家。

子产于公元前554年任郑国卿后,实行一系列政治改革,在治国中特别注意策略。他一方面照顾大贵族的利益,团结依靠多数;一方面对个别贪暴过度的贵族给以惩处,以维护政府威信。他不毁乡校,允许国人议论政事,并愿从中吸取有益建议。外交方面,对于晋、楚两个霸主,他既遵照传统礼制谨慎奉事,不给对方寻衅的借口,又在有条件时大胆抗争,驳斥其无理苛求。他宣称"天道远,人道迩,非所及也,何以知之",反对迷信鬼神星象,却又承认贵族横死能为厉鬼,而要将其子孙立为大夫加以安抚。他被孔子称为仁人、惠人,是士大夫们景仰的人物,却又"铸刑书",公布成文法典,实行"猛政",创立沉重的"田洫"、"丘赋"等新制以"救世",这说明子产是一位务实的政治家。

原 文

第一篇

子产告范宣子轻币

(先秦)左丘明

①范宣子为政,诸侯之币重。郑人病之。

②二月,郑伯如晋。子产寓书于子西,以告宣子,曰:"子为晋国,四邻诸侯,不闻令德而闻重币,侨也惑之。③侨闻君子长国家者,非无贿之患,而无令名之难。④夫诸侯之贿,聚于公室,则诸侯贰。若吾子赖之,则晋国贰。诸侯贰,则晋国坏;晋国贰,则子之家坏。何没没也!将焉用贿?

⑤"夫令名,德之舆也;德,国家之基也。有基无坏,无亦是务乎!有德则乐,乐则能久。《诗》云:'乐只君子,邦家之基。'有令德也夫!'上帝临女,无贰尔心。'有令名也夫!⑥恕思以明德,则令名载而行之,是以远至迩

安。⑦毋宁使人谓子'子实生我',而谓'子浚我以生'乎?⑧象有齿以焚其身,贿也。"

⑨宣子说,乃轻币。

第二篇

子产坏晋馆垣

(先秦)左丘明

公薨之月,子产相郑伯以如晋,晋侯以我丧故,未之见也。子产使尽坏其馆之垣,而纳车马焉。

①士文伯让之曰:"敝邑以政刑之不修,寇盗充斥,无若诸侯之属辱在寡君者何? 是以令吏人完客所馆,高其闳闳,厚其墙垣,以无忧客使。今吾子坏之。虽从者能戒,其若异客何? 以敝邑之为盟主,缮完葺墙,以待宾客,若皆毁之,其何以共命? 寡君使匄请命。"对曰:"②以敝邑褊小,介于大国,诛求无时,是以不敢宁居,悉索敝赋,以来会时事。逢执事之不闲,而未得见;又不获闻命,未知见时。不敢输币,亦不敢暴露。其输之,则君之府实也,非荐陈之,不敢输也。其暴露之,则恐燥湿之不时而朽蠹,以重敝邑之罪。③侨闻文公之为盟主也,宫室卑庳,无观台榭,以崇大诸侯之馆,馆如公寝。库厩缮修,司空以时平易道路,圬人以时塓馆宫室。诸侯宾至,甸设庭燎,仆人巡宫,车马有所,宾从有代,巾车脂辖,隶人牧圉,各瞻其事;百官之属,各展其物。公不留宾,而亦无废事;忧乐同之,事则巡之;教其不知,而恤其不足。宾至如归,无宁灾患? 不畏寇盗,而亦不患燥湿。④今铜鞮之宫数里,而诸侯舍于隶人。门不容车,而不可逾越。盗贼公行,而天疠不戒。宾见无时,命不可知。若又勿坏,是无所藏币,以重罪也。敢请执事,将何所命之? 虽君之有鲁丧,亦敝邑之忧也。若获荐币,修垣而行,君之惠也,敢惮勤劳?"

⑤文伯复命。赵文子曰:"信。我实不德,而以隶人之垣以赢诸侯,是吾罪也。"使士文伯谢不敏焉。

晋侯见郑伯,有加礼,厚其宴好而归之。乃筑诸侯之馆。

⑥叔向曰:"辞之不可以已也如是夫! 子产有辞,诸侯赖之,若之何其释辞也? 《诗》曰:'辞之辑矣,民之协矣;辞之怿矣,民之莫矣',其知之矣。"

第三篇

子产论尹何为邑

（先秦）左丘明

①子皮欲使尹何为邑。

②子产曰："少，未知可否。"

③子皮曰："愿，④吾爱之，不吾叛也。使夫往而学焉，夫亦愈知治矣。"

⑤子产曰："不可。⑥人之爱人，求利之也。今吾子爱人则以政，犹未能操刀而使割也，其伤实多。子之爱人，伤之而已，其谁敢求爱于子？子于郑国，栋也。栋折榱崩，侨将厌焉，敢不尽言？子有美锦，不使人学制焉。大官大邑，身之所庇也，而使学者制焉。其为美锦，不亦多乎？侨闻学而后入政，未闻以政学者也。若果行此，必有所害。譬如田猎，射御贯则能获禽，若未尝登车射御，则败绩厌覆是惧，何暇思获？"

⑦子皮曰："善哉！虎不敏。⑧吾闻君子务知大者远者，小人务知小者近者。我，小人也！衣服附在吾身，我知而慎之；大官、大邑，所以庇身也，我远而慢之。微子之言，吾不知也。他日我曰：'子为郑国，我为吾家，以庇焉，其可也。'今而后知不足。自今请虽吾家，听子而行。"

⑨子产曰："人心之不同，如其面焉，吾岂敢谓子面如吾面乎？抑心所谓危，亦以告也。"

⑩子皮以为忠，故委政焉。子产是以能为郑国。

第四篇

子产却楚逆女以兵

（先秦）左丘明

①楚公子围聘于郑，且娶于公孙段氏。伍举为介。将入馆，郑人恶之。使行人子羽与之言，乃馆于处。既聘，将以众逆。

②子产患之，使子羽辞曰："以敝邑褊小，不足以容从者，请墠听命！"

③令尹使太宰伯州犁对曰："尹辱贶寡大夫围，谓围：'将使丰氏抚有而室。'围布几筵，告于庄、共之庙而来。若野赐之，是委君贶于草莽也！是寡大夫不得列于诸卿也！不宁唯是，又使围蒙其先君，将不得为寡君老，其蔑

以复矣。唯大夫图之！"

④子羽曰："小国无罪，恃实其罪。将恃大国之安靖己，而无乃包藏祸心以图之。小国失恃而惩诸侯，使莫不憾者，距违君命，而有所壅塞不行是惧！不然，敝邑，馆人之属也，其敢爱丰氏之祧？"

⑤伍举知其有备也，请垂櫜而入。许之。

第五篇

子产论政宽猛

（先秦）左丘明

①郑子产有疾。谓子大叔曰："我死，子必为政。唯有德者能以宽服民，其次莫如猛。夫火烈，民望而畏之，故鲜死焉；水懦弱，民狎而玩之，则多死焉。故宽难。"疾数月而卒。

②大叔为政，不忍猛而宽。郑国多盗，取人于萑苻之泽。大叔悔之曰："吾早从夫子，不及此。"兴徒兵以攻萑苻之盗，尽杀之，盗少止。

③仲尼曰："善哉！政宽则民慢，慢则纠之以猛；猛则民残，残则施之以宽。宽以济猛，猛以济宽，政是以和。《诗》曰：'民亦劳止，汔可小康。惠此中国，以绥四方。'施之以宽也。'毋从诡随，以谨无良。式遏寇虐，惨不畏明。'纠之以猛也。'柔远能迩，以定我王。'平之以和也。又曰，'不竞不絿，不刚不柔。布政优优，百禄是道。'和之至也。"及子产卒，仲尼闻之，出涕曰："古之遗爱也！"

解　读

五篇短文，五篇议论，我们在知识准备中特别谈到读史籍与读新闻一样，都是在读议论，为什么这样说？

人在万物与自然中，是种很特别的动物，特别何在？在于他是会思考的动物：他有大脑，有感觉器官，于是他就能接受外界的信息，并运用大脑进行分析，他还能记忆，自己经历过的和别人告诉他的，会在他的大脑里储存，以后遇到相似的情景，他会从大脑中提取出来加以比对。这些时刻不停的大脑活动,归结为一就是:人可以对面对的人、事、物做出判断,对所面对的做出定位判断(譬如是什么、在哪里)、定性判断(譬如大小、强弱)、价值判断(譬如有益的、有害的),以及预测判断(譬如下一步的、将来的)。现实的判断与记忆的判断连续引出,已确定的判断引出新做出的判断,这个过程就是议论,而且是接地气的议论——不停地提出问题和解决问题的议论。所以可以强调指出,议论的中心是判断,学习议论就是要学好判断。那么我们就分别来看看《左传》在记述子产的史迹时是怎样突出他的判断能力的吧。

还是先给各段标上号码,然后一段一段地来。

先说第一篇《子产告范宣子轻币》,本段中我们提取出了9组判断。

第①组,是对范宣子为政的价值判断"诸侯之币重"是定性判断,紧跟的是郑国君臣的判断"病之",是价值判断。但这一组判断,也暗含着《左传》作者的判断,第一,他同意这两个判断;第二他所以讲述子产关于这个问题的史迹,自然是他同意子产的所言所行,因而以载入史册作为表彰,且为后世各级执政者(上级的如范宣子,下级的如子产)遵守的规范。

第②组是第①组的重复,子产用书信的方式直接和范宣子交锋,并表明自己的态度"侨也惑之",是议论文的标准形式:摆出敌论,表明态度。但细想一下,恐怕应是史籍记录者先获得了子产书信的内容,再去调查后得知范宣子索取财物的现象很严重,郑国人头痛他也是事实,而在转入史籍记载时,却把调研的结论摆到前面,成为总议论的大前提,然后顺理成章引出子产的观点作为中心论点。这一条也证明记者也好,史传作者也好,获取事实材料后,他第一步就要对这些材料作出判断。

接下来第③、④、⑤连续三组判断,都是子产对自己的论点进行论证,而其形态都是判断。第③组是一个否定一个肯定的联言判断:主掌国家的君子,不用担心没有财礼,而要担心没有好的名声。第④组沿财礼的否定假言肢继续发展,是一组连续的假言判断:如果财货聚集在国君家里,诸侯就会怎样怎样;如果聚集在您家里,晋国就会怎样怎样;如果诸侯怀有了二心,那么晋国就会怎样怎样;如果晋国内部分裂了,那么您的家里就会怎样怎样;排比式的假言判断步步紧逼,最后指明范宣子不过是太糊涂了而已。第⑤

组沿"令名"的肯定假言肢继续发展,又是两个肯定判断:令名,是运行道德的车子,道德,是国家的根基,然后指出后果:有基则无坏、有德则能快乐且长久。为证明这组判断正确,又以《诗经》的诗句给予证明。

第⑥、⑦、⑧组则以两种做法的不同后果结束论证。第⑥组判断指出发扬美德将会带来"远至迩安"的后果;第⑦组则用选言判断给范宣子指明出路,再用"象失象牙"的第⑧个判断说明敛财的必然后果。

第⑨组不是判断,而是叙述了本件史实的结局:范宣子愉快地接受了子产的意见,减少了贡品。

附:议论思路

共九组判断:

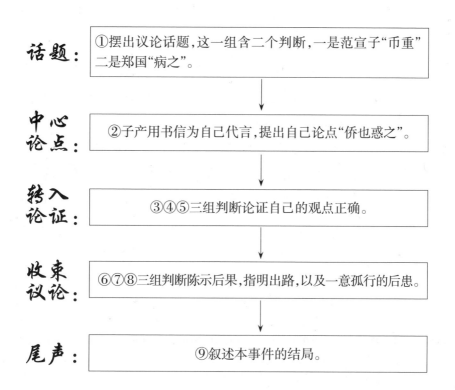

话题：①摆出议论话题,这一组含二个判断,一是范宣子"币重"二是郑国"病之"。

中心论点：②子产用书信为自己代言,提出自己论点"侨也惑之"。

转入论证：③④⑤三组判断论证自己的观点正确。

收束议论：⑥⑦⑧三组判断陈示后果,指明出路,以及一意孤行的后患。

尾声：⑨叙述本事件的结局。

第二篇《子产坏晋馆垣》，辩驳双方的议论冲突要比第一篇激烈得多。子产侍奉郑简公来朝见霸主晋平公，晋国一方很傲慢，以鲁国国丧为由，把郑简公一行给晾在宾馆里，子产心里气愤，就让手下把宾馆的围墙全给拆了，把自己带来的车辆马匹一股脑都轰进宾馆院子。这个动静不小，晋平公就让大夫士丐（即士文伯，字伯瑕）前来问罪。当然霸主也得有点霸主的风度，诸侯国即使地位有差，之间也得讲求讲求外交辞令。第①组即是士丐的责问，连续三个判断：1.我们修了宾馆，加高围墙，是为了让客人安歇的；2.你拆了围墙，其他各国的客人是没有安全感的；3.宾馆被毁，是会影响我们对别国诸侯接待工作需要的。后两个判断用反问句式增强语气，又天然一种问罪的口气。是议论的角度来说，第①组即属设置敌论。

第②组，是子产驳辩的第一个层次。在交代客观是"我们来了，见不上面"的现状之后，紧接一个联言判断：我们无法送出财币，同时也不敢暴露它们就放在大街上，然后又沿着两个联言肢各自向前引申出一个假言判断：1.如果奉献财币，那就要履行一个陈列的仪式；2.如果放在街上日晒夜露，损坏了我们也担当不起。

第③组，是子产论辩的第二个层次，讲述晋国的先祖晋文公，提出了一组联言判断：作为霸主的晋文公，自己住的房子小，给诸侯安排的房子好，对客人的照顾十分周到，礼仪十分称意，宾客好像是回到了家里。

第④组也是一组联言判断，用现实情况和第③组做了鲜明对照：今天的晋君住的是漂亮的宫殿，诸侯宾客住的是下等人的房屋，客人们进退不能，礼仪没有保证，所以结论是：我们不拆墙，不找地方保护好财币，您说该怎么办？三组论辩，证明了子产自己的想法正确，那么所做的事情对方也就不应指摘了。

第⑤组讲述了事情的结局：士丐灰溜溜地回去复命，他的上司赵文子倒是个明白人，自认理亏，接下来晋平公尊重子产的意见，高规格地接待了郑国君臣；在送走他们以后，又修建了专用于接待诸侯的宾馆。这一组自然都是史实的叙述。

第⑥组，则是另一位晋国大夫叔向对子产做出了三个评价式判断：1.学习和使用论辩是必须重视的事情；2.子产是诸侯必须学习的榜样；3.子产的所作所言是符合《诗经》所讲的含义的。

　　子产因为不满意就下令拆人家的院墙，把车马赶进宾馆院子的做法是否合宜，当然值得商榷，士丐气冲冲地前来问罪，子产却用连串的判断将士丐辩得毫无退路，所以叔向不谈别的，单谈论辩的重要性——"辞之不可以已也"，话已说得很够分量了，连《诗经》里都说到"辞辑民协"、"辞怿民莫"的道理，不是吗？

附：议论思路

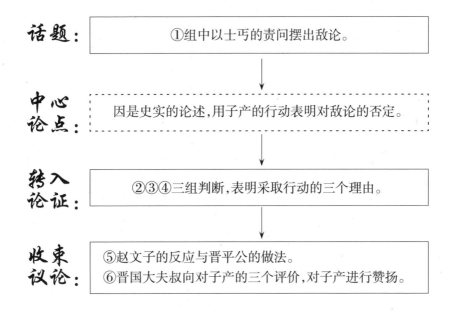

话题：
①组中以士丐的责问摆出敌论。

中心论点：
因是史实的论述，用子产的行动表明对敌论的否定。

转入论证：
②③④三组判断，表明采取行动的三个理由。

收束议论：
⑤赵文子的反应与晋平公的做法。
⑥晋国大夫叔向对子产的三个评价，对子产进行赞扬。

第三篇《子产论尹何为邑》,故事发生在(鲁)襄公三十一年。事由是第①段所说:郑国的上卿子皮,想把国政交给自己的一个子弟尹何来管理,并来征求子产的意见。子产的回答②倒很委婉,说尹何太年轻了,不知道他行不行。这个②正是子产此次论辩的中心论点:不同意。

接下来该进行证明了。因为是叙事,子皮也要讲话,坚持自己的观点,为第③段。第④段则是子皮为坚持意见,给出了四条判断作为理由:1.尹何老实谨慎;2.我喜欢他;3.他也不会背叛我;4.尹何通过学习必然能够成为治国的当然人才。

这里需要注意的是,子皮并不想展开议论,所以仅仅用了四个判断作为理由而不对这些理由加以证明。如果是要进行论辩的话,就要举出实例证明"尹何老实谨慎"、"我喜欢他"、"尹何不会背叛我"以及"尹何通过学习锻炼必然会把国政管好"。这四个理由中,1、3、4是子皮的主观认知,2是子皮的主观情感。

子产则是要进行论辩的,在第⑤、⑥段中继续讲述。他在子皮提出的四个理由中,敏感地抓住了理由2作为驳论的突破口,因为子皮的判断2是判断1、3、4的引申结果:

尹何老实谨慎+尹何不会背叛我+尹何通过学习必然会把国政管好=我喜欢他

所以,在第⑤段中,子产一开始便明确表态,斩钉截铁:"不可。"

为什么"不可"呢,子产当然要举出理由,这就是第⑥段的内容了;子产作的是论辩,所以这些理由是否成立,也当然要有证明。于是我们看到子产的三个理由和他的三次证明。

理由1:你的做法,实现不了"爱尹何"。

证明:判断1,爱他人,是要给他带来好处的(通例)──→判断2,你爱尹何却让他管理国政,等于是伤他(内含一个类比判断)──→判断3,照你这样爱人,众人都会远离你(交代后果)。

理由2:你的做法,害的是国家。

证明:判断1,子皮您是郑国的栋梁,我的话也是为郑国利益而说的(点明轻重）——判断 2，国事需由国之栋梁承担，是不可轻易委托他人的（内含一个类比判断）——判断 3，不学习就管理国政，必定伤害国家（内含一组类比的正反判断）。

理由 3 在哪里？子产的话已经说完了，哪里有理由 3？

确实有理由 3，这就显示出《左传》作者的叙事技巧了，理由 3 他让被辩驳的对象子皮说出来了——

理由 3：君子是能分清孰大孰小的。

那么谁来证明呢？作者干脆让子皮自己证明——第⑦段让他自认"不敏"，然后就像脑瓜开窍般地说出第⑧段的这番话来，成为理由 3——因为他是被辩驳的对象，被辩驳的对象都认可"我，小人也"了，难道不是最好的证明？这种议论方法，一箭双雕，不仅使得议论文的叙述显得角度富于变化，而且表明子皮也的确是个头脑聪敏、从善如流的政治家。不但有错认错，而且知错即改，于是有了第⑨段子产对此事的总结，以及第⑩段事件的尾声：子皮把郑国的国家大事以及自己家族里的小事都交给子产调度管理了。这种情况在生活中也是可以出现的，并不违背生活，所以第⑩段又跟上一句《左传》作者对子产进行高度赞美的评价："子产是以能为郑国。"

本篇的特点，一是子产抓住论敌所述理由中的关键之点"爱"，指出这种盲目的"爱"误人误国，也会表现出盲目施爱者捡小失大，其时论点便不攻自破了。二是在证明过程中，让对方把自己的理由也展示出来，再由论者一一驳倒，便显得有理有据。三是驳论的理由不由论者一人托出，而让对方自述似地说出一条，表明对方从善如流，思想有了转变。一波三折，一场辩论竟显得如此跳脱、轻灵，读起来更显一番韵味。

这一篇文字中的议论，双方基本都是以判断作为论辩理由，少有分析。

附：议论思路

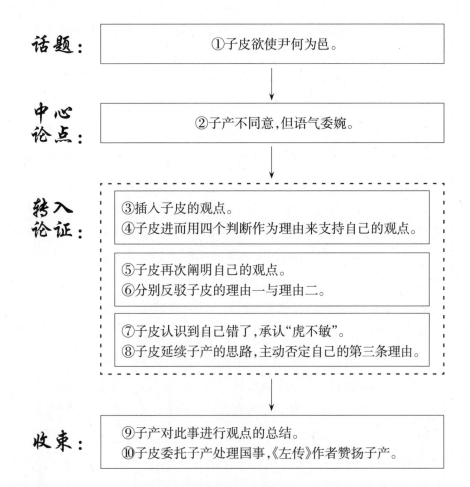

话题：①子皮欲使尹何为邑。

中心论点：②子产不同意,但语气委婉。

转入论证：
③插入子皮的观点。
④子皮进而用四个判断作为理由来支持自己的观点。

⑤子皮再次阐明自己的观点。
⑥分别反驳子皮的理由一与理由二。

⑦子皮认识到自己错了,承认"虎不敏"。
⑧子皮延续子产的思路,主动否定自己的第三条理由。

收束：
⑨子产对此事进行观点的总结。
⑩子皮委托子产处理国事,《左传》作者赞扬子产。

第四篇《子产却楚逆女以兵》是郑国与楚国间发生的一个外交事件。公子围在楚国是个赫赫有名的大人物,楚王郏敖时担任级别最高的官职令尹,郏敖死后即位为楚灵王。他来到郑国进行国事访问,并计划迎娶郑国大夫公孙段家的姑娘。但不知怎么,郑国上下对公子围不太友好,子产派子羽告知楚国客人,让他们在城外安营驻扎。等到访问结束,该办迎娶私事的时候,公子围觉得可以进城了。子产又派子羽前来劝止。论辩发生在子羽和公子围的属下太宰伯州犁之间,但《左传》则记在子产名下,子产该算是这场剧情的编剧兼导演吧。

这次外交事件,《左传》记载了五段话,用序号标识出来。

第①段,是事件的发生,自然也是论辩的话题。楚国令尹公子围大兵压境,借口也很充分,两国之间剑拔弩张,形势严峻。

第②段说郑国主掌国政的子产,派子羽表明态度,即本段议论的中心论点:对楚国军队打算进城的态度:“请(在城外)就地设立埠场,等候下一步的命令吧”,而依据的理由是郑国提出的一组联言判断(“敝邑褊小,不足以容从者”)。

第③段,楚国仍然仗势欺人。太宰伯州犁重申自己的理由,我们把其中具有外交意味的言辞去掉,楚国的理由先是一个联言判断:我们的行动是得到郑国允许的(谓围“将使丰氏抚有而室”),又是祭告过先王的(围布几筵,告于庄、共之庙而来)。

然后延伸出一个假言判断:如果不能进城,那么就会很丢人——具体而言有三大后果:1.侮辱了郑国国君;2.我伯州犁羞于诸卿之列;3.令尹也没有脸面回国了。哎呀呀,不让我们进城,后果很严重。威胁已经赤裸裸地表现出来:我们不能回楚国,就把郑国当自己的“家”好了。

伯州犁申说理由,语气虽然重,却是就事论事。而第④段中子羽代表子产的反驳则避其锋芒,直接奔向国与国间的关系,连续提出五个判断,直指问题的要害:1.小国没有罪,大国想仗势就是罪;2.大国常常包藏祸心;3.咱们之间的事情各诸侯国都在看着;4.我说的话是奉了我们国君的意志;5.丰氏的事我们无所谓。

结局呢？第⑤段作了交代：伯州犁的副使伍举看得很明白：郑国已经做好准备，公子围想动手也不会占到什么便宜，于是态度缓和下来，最终双方同意楚国"垂橐而入"，即让士兵把弓袋从身上卸下来——等于解除武装，有点像今天把枪中的子弹全都退出来那样——进城迎亲。郑国见公子围表现出诚意，也就同意楚国人进城了。

本篇在各抒己见的论辩中，表明子产一方提出的判断更高于楚国的伯州犁，使对方无法反驳。而最后达成的和解协议，又表现了子产的政治智慧。

附：议论思路

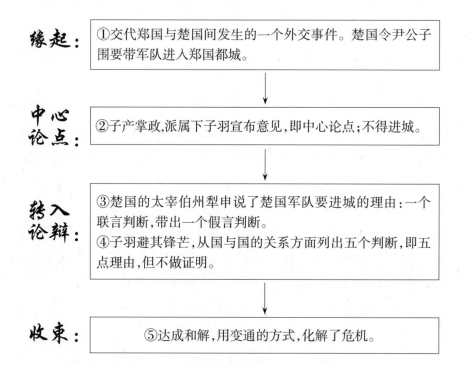

缘起： ①交代郑国与楚国间发生的一个外交事件。楚国令尹公子围要带军队进入郑国都城。

中心论点： ②子产掌政，派属下子羽宣布意见，即中心论点；不得进城。

转入论辩： ③楚国的太宰伯州犁申说了楚国军队要进城的理由：一个联言判断，带出一个假言判断。
④子羽避其锋芒，从国与国的关系方面列出五个判断，即五点理由，但不做证明。

收束： ⑤达成和解，用变通的方式，化解了危机。

第五篇《子产论政宽猛》,涉及三个人:子产论政,子太叔论子产,孔子论子产。

第①段,讲述子产年老病重,考虑后事安排。他跟子太叔(名游吉)谈了两件事。其一:我死后,你肯定执政;其二:关于执政方法问题,具体有以下判断:1.执政有宽有猛,效果不同,百姓的态度也不同;2.有德之人可以实行宽政,次一等的就要实行猛政;3.实行宽政难度较大。这一段话,都是子产做出的判断,两件事中,前一件表现了他对子太叔的了解,后一件表现了子产对执政问题的深刻理解。

第②段,叙述子产去世,子太叔继位执政。不忍施行猛政,造成了麻烦,想起子产的话而做出深深后悔的判断:"吾早从夫子,不及此。"及时变换为猛政,收到了效果。

第③段,则是孔子对子产的两次评价,前一个评价也是一个判断句群,偏重执政问题:1.同意子产的观点:执政要宽猛相济;2.用《诗经》的诗句表述怎样是宽政,及其效果;3.用《诗经》的诗句表述怎样是猛政,及其效果;4.三用《诗经》的诗句表述怎样才是以和做到平静;5.用《诗经》的诗句描述怎样才是和政的最高境界。对《诗经》的四次引用,是使用公理对子产的执政观给予证明。

后一个评价则是子产去世,孔子对他做的"春秋笔法"式的判断:子产所言,是"古之遗爱"的象征。

本篇的记述中没有出现人与人之间的辩论,所以不需提出理由,也就无需进行证明,完全是发言者对客观世界中的事(执政方针)与人(子太叔、子产)做出的判断。但在史实的记述中,我们既能了解当时发生的事件,及各色人物在事件中的表现,也可以明辨各色人物对眼前之事的认知和分析,如果有针对的对象,就成了议论甚或是辩论的文字。

附：议论思路

本篇为三个评判：一、子产论政；二、子太叔议论子产；三、孔子两论子产。

第一个： ①子产对子太叔的两个判断：其一，我死后你必执政。其二，有德者用宽政，其次用猛政，猛易宽难。

第二个： ②子太叔执政，用宽，造成麻烦。做出对子产肯定的判断。采取措施，有了成效。

第三个： ③-1：孔子赞同子产，然后四次引用《诗经》，证明子产正确。

③-2：子产去世，孔子赞扬子产。

思考提示

一、对史籍《左传》中所提取《子产论政》的分析，涉及一个与学习议论文写作的重大问题，即对判断的认识和掌握。

判断是人类的重要能力之一，当然动物也有一定的判断能力，但它们的判断力基本来源于动物的本能（极少部分是人类经过条件反射实验反复培训成功的），而更大的区别是人类拥有语言，人类可以借助语言来帮助判断做到细化和深化，从而获得了强大的判断能力。

前面已经说过,人是好发议论的动物,议论的目的就是确立议论者对所议对象的判断。这个判断可以粗分为三种。第一种是人类思想史上已经有定论的判断,如"学不可以已"、"人不能两次踏进同一条河流";第二种是在部分人群中形成共识、为部分人所接受的判断,如"红色是中华民族的喜庆色"、"原子核是由质子与中子组成的";第三种则是判断者针对某种现实或某种现象作出的判断,如"这家餐馆的锅贴真好吃"、"这个演员的歌声真是天籁之音"。第一种判断可以作为议论的理由或证据,因为人人都认可;第二种判断可能会带来新知识,也可能要具体问题具体分析,也许其中真理和谬误并存;第三种判断带有创造性,甚至可能是独创性,这种判断会给周边的人很大的启发,也可能招致强烈的愤慨和反对。我们引用过的鲁迅所言"今天的左翼作家很容易成为右翼作家"、孔子所言"恐怕得责备你们吧"等都如是。

一般概念上,议论文的三大要素论点、论据、论证,哪个都离不开判断。首先,论点(包括分论点)本身就是判断。你用第一种判断做论点,如果你的论据或论证没有新意,那就成了老生常谈,写成的议论文基本没有价值,最多只能算为习作。你用第二种判断做论点,就肯定会引来质疑或讨论,你就可以因时因地因人因事展开分析,提出各种各样的判断作为理由来证明自己的总判断正确。作为理由的判断如果属于第一种判断,那当然很棒,议论就省事了,但如果属于第二种甚或第三种,你就又得引出更多的第一种判断来证明自己作为理由的判断成立,这就给了写作辗转腾挪的空间。你用第三种判断作为论点,当然可以造成强烈的新奇感,招人注目,但也会招来更为强烈的论辩,写这样的议论文确实更富于挑战性,也就更需要作者更审慎地研究自己作为论据和理由的判断,更全面地分析自己论点所使用的判断其强弱和周缺。

其次,论据本身自然也是判断,但这判断往往隐藏在叙事的身后。诗歌是文学作品,孔子评价子产却用了《诗经》作为论据,他所需要的就是诗歌中隐藏的判断,为怕别人不易理解,则需要直抒判断:"施之以宽也"、"纠之以猛也"、"平之以和也"、"和之至也"。

第三，论证也是判断，而且更是判断的复合：用几个已为人认可的判断引发出新的判断作为理由或者论点，这种引发可以从宏观到微观，即演绎，如李斯用"地广者粟多"、"国大者人众"、"兵强则士勇"的联言判断引出治国之道；可以从微观到宏观，即归纳，如李斯用穆公、孝公、惠王、昭王之政得出"客何负于秦"的大理由；也可以从个别到个别，即类比，如李斯由秦王之衣食住行乐比照秦王逐客两者思路的反差："然则是所重者，在乎色乐珠玉；而所轻者，在乎人民也。"

所以，不理解判断，就不能理解议论文的论点、论据以及论证的实质。反言之，学习议论，不懂得判断就是缘木求鱼的学习。

演绎、归纳、类比三种判断，各有各的品质，各有各的功能，在议论中就会表现出形形色色的形态。

第四，评判对象的事实，以及论者所提出的判断，以不同的方式进行组合，可以形成不同风格的议论文体，下面是归纳出来的六种情况，请读者在相关范例文章的解读中进一步体会理解判断的使用。

1.只叙述事实，不点明判断，把作为观点的判断藏起来，是新闻报道。

2.以叙述事实为由头，点明判断，但只作为观点和理由，是新闻评论。

3.所叙述事实是全篇的叙事线，每到一个节点则提出自己的判断，各判断的总和是中心论点，是新闻述评。

4.以叙述事实为由头，点明判断且作为中心论点，然后展开理由并进行论证，是议论文。

5.叙述的事实对象是文艺作品（小说、散文、电影、戏剧等），以作品中的事实为据而提出判断，是文艺评论。

6.以叙述事实为由头，点明判断且作为中心论点，理由藏起来只用实例论证，是杂文。

二、判断是重要的思维工具，一些关于判断的基础知识还是有必要了解并掌握的。

判断，表达概念 A 与概念 B 之间的关系，最简洁的公式是：A—B。其中，A 表示被判定的对象，称作（判断）主项；B 表示主项概念所拥有的属性，称作(判断)谓项;"一"表示主项与谓项的关系,称作(判断)联项。

判断,按照判断的肯定程度,分为必然判断、或然判断。必然判断表达一种确定的判断,公式为:A 是 B。或然判断表达一种不能确定的判断,公式为:A 可能是 B。

判断,按照判断的复杂程度,分为直言判断、复合判断。直言判断表示一个单一的判断,公式为:A 是 B。复合判断表达一个复杂的判断,需要由两个(或两个以上)判断复合组成。

直言判断 A 是 B 中,又分为 6 种情况:

1.单称肯定判断,公式为:一个 A 是 B。

2.单称否定判断,公式为:一个 A 不是 B。

3.全称肯定判断,公式为:所有的 A 都是 B。

4.全称否定判断,公式为:所有的 A 都不是 B。

5.特称肯定判断,公式为:有些 A 是 B。

6.特称否定判断,公式为:有些 A 不是 B。

复合判断,由两个或两个以上判断组合而成,分为三种:

1.联言判断,公式为 A1—B1,A2—B2。

2.选言判断,又分为 2 种:

(1)相容选言判断,公式为:或者 A,或者 B。

(2)不相容选言判断,公式为:要么 A,要么 B(二者必居其一)。

3.假言判断,由分为 3 种:

(1)充分条件假言判断,公式为:如果 A,那么 B。

(2)必要条件假言判断,公式为:只有 A,才 B。

(3)充分必要条件假言判断,公式为:当 A,且只有 A,那么就 B。

对判断的把握并不很难,从上述介绍可以看出,我们在学习语法的单句与复句部分时,它们与判断是由许多重合点的;尤其是复句,并列复句、选择复句、假设复句就是联言判断、选言判断、假言判断的语句形式,我们只需将其转换成判断就很好理解了。

三、最后再简单说明一下孔夫子倡导的"春秋笔法"。

　　"子产论政"的第五则,特别写到了孔子对子产的评价,说他"古之遗爱",似很平淡,但含义极深。孔子的思想核心是"仁",他在《论语》中又说"仁者爱人",仁,即是爱,但如何爱,《论语》中没有细说,这里却用了子产讨论为政者要宽猛相济,用子产的事迹清晰诠释了"爱"的具体含义,并指出子产的为政之爱,亦是出自古代的圣贤,更明确褒奖了子产的爱之有道,爱之有源。这便是春秋笔法的表达形式之一。

十三　解读《范增论》

学习要点

一、议论，就是对人对事对物发表看法；发表看法，就是对客观对象（即使是对自己，也是把它作为客观对象）进行判断。这个判断之高下，既来自评判者掌握客观事物相关信息的广度与深度，也取决于自身分析水平的高低，同时也有评判者怎样表述这个判断以及如何说服读者的能力，所以是德才识学必须兼备的渊薮，是学习者练习驰骋的沙场。本篇选取了文学大师苏轼的《范增论》进行讨论，它是苏轼 20 余岁时的作品，正是我们今天的大学学生阶段，这一单元的学习就要学习苏轼视野的开阔、立论的精髓，文笔的恣肆以及独到的文风。

二、鸿门宴，是汉初刘项相争最重要的事件之一，读者都很熟悉。但大家的视点基本都落在刘邦及其下属的杰出表现和项羽的优柔寡断之上，对范增因着墨不多而了解不深。苏轼评价范增，找到了一个众人都未曾想过的切入点：范增何时离开项羽最为合适。这个问题不是纠缠于范增自己，而是作为一个政治家应该怎样分析形势，抓住合适的时机执行自己的政治主张问题。时机，看来是历史的细节，但往往决定计划的成败。苏轼观察历史的独具只眼，值得深入体会。

知识准备

一、苏轼（1037 年 1 月 8 日—1101 年 8 月 24 日），字子瞻，又字和仲，号东坡居士，眉州眉山（今四川眉山市）人，北宋文学家，与其父苏洵、其弟苏辙并称"三苏",均为"唐宋八大家"成员。苏轼的诗、词、赋、散文及书法、绘画，均成就极高，是中国文学艺术史上罕见的全才，也是中国数千年历史上被公认文学艺术造诣最高的大家之一。其散文与欧阳修并称"欧苏"；诗与黄庭坚并称"苏黄"，又与陆游并称"苏陆"；词创作开豪放词风，与辛弃疾并称"苏辛"；其绘画则开创了"湖州画派"。现存诗 3900 余首，代表作品甚多，有《水调歌头·明月几时有》、《念奴娇·赤壁怀古》、《赤壁赋》等。学界对苏轼散文创作研究不多，本书特选他的散文作品进行阅读的深入研究。

苏轼在文学创作的同时，也关心国家安危与民生疾苦，运用自己手中的笔积极发表意见。初出道时，以历史为镜写了数篇历史人物论文，既阐述了自己的历史观，也探索了具有自己独特性的历史人物研究的论述技巧。其代表作为《范增论》、《留侯论》、《贾谊论》、《晁错论》等，其中既有孟子、韩愈那种逻辑清晰、富于变化、气势逼人的特点，也有宋代文人特有的气脉从容纡徐、语言自然流畅的风格。1056 年(嘉祐元年)，虚岁二十一的苏轼首次出川赴京，参加朝廷的科举考试。翌年，他参加了礼部的考试，以一篇《刑赏忠厚之至论》获得主考官欧阳修的赏识，由此走上政治之路。其中还有一个小插曲，由于《刑赏忠厚之至论》写得太好，被欧阳修误认为是自己的弟子曾巩所作，为了避嫌，使苏轼只得到第二名的成绩。

二、范增，秦末著名谋略家，在楚汉相争中，他是项羽的重要谋士，被项羽尊称为亚父，后封历阳侯。《史记》未为他立传，事迹均在《史记·项羽本纪》中。书中说"居巢(今安徽巢湖)人范增，年七十，素居家，好奇计"。公元前 208 年，范增投靠项羽的叔叔项梁，劝说他立楚王后裔为楚怀王以号令天下，这是体现范增政治智慧的绝佳亮点。项梁阵亡后，他跟随项羽成为谋士，其最重要的谋略便是鸿门宴。对秦军的作战中，刘邦先入函谷关想据守关

范增像

中称王,项羽破关而入,与刘邦在鸿门(今陕西临潼东)相见,开启了"楚汉之争"。鸿门宴上,范增定下暗杀之计,要除掉刘邦,以绝祸患。但项羽因讲义气,不忍下手,刘邦靠项羽叔父项伯的拦阻与手下猛将樊哙的救护,得以脱身逃走。鸿门宴计谋失败,范增气得拔剑劈碎刘邦所赠玉斗,明斥项庄暗骂项羽"竖子不足与谋,夺项王天下者,必沛公也!"

四年后,公元前204年的春天,项羽的军队几次切断刘邦的粮道,把刘邦困在荥阳动弹不得。刘邦只好向项羽求和。范增看到这又是一次绝好机会,劝说项羽"汉易与耳!今释弗取,后必悔之。"项羽却中了刘邦谋士陈平的离间计,以为范增暗中勾结刘邦要加害自己,便剥夺了范增的兵权。范增对此十分愤怒,索性向项羽请求告老还乡,项羽已经疏远范增,毫不犹豫便答应了范增的请求。范增走前,只能愤愤地说:"天下事大定矣,君王自为之,愿赐骸骨,归卒伍。"离开项羽后,范增都没能走到彭城(今江苏徐州)便发背疽一命呜呼。范增死后二年,项羽的军队便被刘邦、韩信、彭越的联军击败,退至垓下(今安徽灵璧县南)。不久,项羽逃到和县乌江,听闻四面楚歌觉得大势已去,遂自刎而死。刘邦终以胜利者的身份登上皇帝宝座,建立了大汉王朝。刘邦后来曾总结项羽失败的教训说过一句话"项羽有一范增而不能用,此其所以为我擒也",对范增作了高度肯定的评价。

后人对范增的评价基本上也就如此,苏轼则从自己一个独特的角度对"范增现象"做了另一种分析。这种分析不拘泥于历史本身,而是从现实出发,力求从古人身上找出为后人可以借鉴的经验教训,这是我们学习本篇尤应给予特别注意的地方。

原　文

范增论

(宋)苏轼

①汉用陈平计,间疏楚君臣,项羽疑范增与汉有私,稍夺其权。增大怒曰:"天下事大定矣,君王自为之,愿赐骸骨,归卒伍。"未至彭城,疽发背死。

②苏子曰:"增之去,善矣。不去,羽必杀增。独恨其不早耳。"

③然则当以何事去? 增劝羽杀沛公,羽不听,终以此失天下,当以是去耶? 曰:"否。增之欲杀沛公,人臣之分也;羽之不杀,犹有君人之度也。增曷为以此去哉?《易》曰:'知几其神乎!'《诗》曰:'如彼雨雪,先集为霰。'增之去,当于羽杀卿子冠军时也。"

④陈涉之得民也,以项燕。项氏之兴也,以立楚怀王孙心;而诸侯之叛之也,以弑义帝。且义帝之立,增为谋主矣。义帝之存亡,岂独为楚之盛衰,亦增之所与同祸福也;未有义帝亡而增独能久存者也。羽之杀卿子冠军也,是弑义帝之兆也。其弑义帝,则疑增之本也,岂必待陈平哉? 物必先腐也,而后虫生之;人必先疑也,而后谗入之。陈平虽智,安能间无疑之主哉?

⑤吾尝论义帝,天下之贤主也。独遣沛公入关,而不遣项羽;识卿子冠军于稠人之中,而擢为上将,不贤而能如是乎? 羽既矫杀卿子冠军,义帝必不能堪,非羽弑帝,则帝杀羽,不待智者而后知也。增始劝项梁立义帝,诸侯以此服从。中道而弑之,非增之意也。夫岂独非其意,将必力争而不听也。不用其言,而杀其所立,羽之疑增必自此始矣。

⑥方羽杀卿子冠军,增与羽比肩而事义帝,君臣之分未定也。为增计者,力能诛羽则诛之,不能则去之,岂不毅然大丈夫也哉? 增年七十,合则留,不合即去,不以此明去就之分,而欲依羽以成功,陋矣! 虽然,增,高帝之所畏也;增不去,项羽不亡。亦人杰也哉!

解 读

我们还是依照成例,将原文分出层次标上号码。

正如我们在知识准备部分所介绍的,第①段里列出了人们对范增成败的一般定论:汉用陈平的离间计挑拨了项羽与范增间的关系。项羽中计,表现出夺取范增兵权的意思,范增无法接受,愤然离开了项羽。作为议论文来说,第①段摆出了敌论。

这里稍微解释一下陈平的离间计是怎样实施的。陈平是刘邦的谋士,他很清楚项羽有勇无谋,局势发展到今日都是范增在起作用,所以决定使用反间计。项羽派使者到刘邦处议事,陈平派人对使者好吃好喝好招待,项羽的使者很高兴。陈平来见使者就问"亚父(顺用项羽对范增的尊称)派您前来是有什么重大事宜吗?"使者听了这话十分懵懂,分辩说自己是项羽派来的使者,没有接受亚父什么指令啊。陈平听了马上甩出一句话:"原来我以为阁下是亚父派来的,原来不是。"马上离开,把招待规格一下子降了下来,表现出很不礼貌的样子。使者也不是简单的人,马上想明白了是怎么一回事:原来范增和陈平有秘密勾结啊。回到楚营就向项羽汇报了此事。得知此事,项羽当然对范增猜忌起来,而导致了范增的愤然离开。

苏轼关注的,不是陈平施离间计的问题,而直接就是范增与项羽二人的关系问题:范增离去,是对的;不离去,绝对死路一条。关键是范增早就该走。所以,第②段,苏轼提出一个与众不同的议题,或说判断:"范增离去的太晚了",由此引申的话题则是:范增应该何时离去呢?

我们在谈政治家做决策的时候常常用到一个成语,使用这个成语一般都不会拆开考虑,这个成语就是"审时度势"——要根据客观趋势的走向来决定自己的行动。苏轼就拆开来看了,政治家做事,一要审时,二要度势。众人对项羽与范增关系的分析,多在二人间的"势"上:陈平施反间计,使项羽感到范增可能是内奸的"势";削夺范增的兵权使范增感到他与项羽之间已不能再予共事。苏轼和众人一致同意:范增的离去是对的;但苏轼更进一步分析:范增的离去已经晚了,他应该早就走。这就说明:范增能够做到度势了,却没能做到审时。

对于政治家而言,度势是容易做到的;审时,便有相当的难度,不是所有的政治家都能做到的。能看出下棋双方的胜败之势,是政治家的基本功;能够看出何时可以走出该走的棋,这是优秀政治家的超常之处。

这就是苏轼的独到,也是苏轼比一般人想得更深更远的地方。

那么苏轼怎样处理这个话题呢?

人生是有许多时间节点的,公元前204年刘邦被困荥阳,陈平使离间计,项羽削范增兵权使范增愤而出走,这是一个节点。范增在这个节点离去,被苏轼否定,那么还有没有其他节点呢?

当然有。

于是,苏轼就必须回答一个问题:范增应该在哪个时间节点离去才是正确的。

苏轼做的是一个选择题:在可选的时间节点中,他会给我们挑出哪个呢?

他一共列出了三个。

第①段里列的,被苏轼淘汰了。

第③段里前面列出的是鸿门宴时间节点:"增劝羽杀沛公,羽不听,终以此失天下,当以是去耶?"项羽不听范增杀刘邦的意见,可以离去了吧? 苏轼的答案仍然是"否"。理由是君臣完全可以有意见不一致的时候:"增之欲杀沛公,人臣之分也;羽之不杀,犹有君人之度也。增曷为以此去哉?"然后才抛出了自己的答案:范增离去,应该是在项羽杀死卿子冠军的时候。

项羽杀死卿子冠军,是苏轼提出的第三个时间点,连续三个选言肢,苏轼否定了前两个,而选中了第三个。

苏轼议论历史,很会出乎一般人的意料吧? 可见他对这个问题有自己独到的思考,才会提出与常人所见不同的观点。

卿子冠军是谁? 为什么项羽杀死他这件事这么重要?

项羽的叔父项梁起兵反秦,范增去投奔他,给他出了个主意:自己不要强出头,要请出当年楚国国君的后裔做领袖,才能告知天下,自己的目的是为国复仇,而不是为自己谋利,才能得到天下人们的支持。项梁接受了这个建议,找到了当年楚怀王的孙子熊心,名字也索性照用他祖父的,把熊心也尊称为楚怀王,果然天下人齐齐响应楚怀王的号召合力反秦。项梁死后,项羽接手,仍然继续这个做法,并尊称楚怀王为义帝,有义帝这尊菩萨,项羽也发展得很好,反秦战争势如破竹,节节进逼,眼看天下就要被项羽拿到手了。

历史就是这样多变。公元前207年,秦军包围了赵国,义帝便派兵前去援救。主将是宋义,担任上将军,义帝称他为卿子冠军(卿子是对宋义的尊称),项羽担任次将军,范增担任末将军。救赵途中,宋义畏缩不前,项羽很憋气,就假装得到了义帝的命令杀死了宋义。

对这件事,苏轼有自己的见解:范增就应该在这个时候离开项羽,这时候离开才真正表现出一个政治家、一个谋士的"审时"能力。为什么呢? 苏轼提出了这样几个理由:

1.《易经》和《诗经》都有言:看事情要能够看出事情的先兆("知几其神乎!"、"如彼雨雪,先集为霰。")

2.立义帝,范增是主谋;项羽杀宋义,是要除掉义帝的先兆,也就是失去对范增信任的先兆。

3."物必先腐也,而后虫生之;人必先疑也,而后谗入之。"所以项羽已对范增有所猜忌。

4.项羽矫诏杀宋义,义帝一定有反应;项羽与义帝的矛盾一定公开化。

5.范增一定反对杀宋义,项羽表面不说,内心也已开始忌惮范增了。

这五条理由分散在③④⑤三个段落里;理由已经很充足了:范增就该在项羽矫诏杀宋义时离开项羽。

三个可供选择的时间节点,三个选言肢,范增选的是陈平离间,苏轼选的是矫诏杀宋,这就是苏轼写作此文的议论思路。但苏轼写到这里,仍然意犹未尽。他更进一步分析:项羽矫诏杀宋义的时候,范增和项羽并没有君臣的名分,地位是平等的完全可以合则留,不合则去。那么为什么范增没有离开呢? 苏轼分析说,大概是范增并不明白当一个政治家该怎样处世,还一心一意地巴望依靠项羽成就自己的功名富贵呢,唉,一个已经年纪七十岁的人了怎么还这么不明事理呢?

苏轼的想法比起常人来,确实是好细腻好深入啊。不过,临结束时他又冒出惊人一笔:范增还是对历史有功的,虽然他离开项羽离开得晚了;但他不离开,项羽还能坚持那么一阵儿,汉朝还得晚些年才能成立——"增不去,项羽不亡",政治家的举动往往会影响到历史的进程——历史就是这么捉弄人啊。

思考提示

一、《范增论》是一篇很有特点的议论文或称历史政论。带有权威性的历史著作,诸如"二十四史"、"通鉴"之类,往往其中的话就成为定论,大家一代一代地因循下来。苏轼的《范增论》给了我们新的启发:在历史的旧账本中,我们能不能得出新的历史经验?

过去读史,的确感觉范增是个具有悲剧色彩的人物,但悲剧在哪,似乎又很难说清楚:是项羽的性格所造成? 是范增自己总郁郁不得其志? 这里有没有范增自己的原因? 苏轼的《范增论》终于揭破了这层命运的外衣:一个政治家,一个把社会走向置于掌间的谋士,竟然不能做到我们常说的审时度势,而一步步被牵到命运的尽头。聪明人"度势"似乎不难,最难的则是必须清晰、准确而又能够当机立断的"审时"。《红楼梦》里秦可卿劝王熙凤"及时抽身退步"的话也在印证这个道理,但可卿似乎也是死后才悟出这番道理。读过《范增论》再去会看《项羽本纪》、"鸿门宴"的那些文字,我们更加感受到司马迁的阔大手笔,以及苏轼的独具只眼。司马迁把佳肴都摆上桌了,苏轼则在一旁指点这些美味该怎样品尝,不然真是暴殄天物——那么,我自己又能何时修炼出东坡先生的这番道行呢?

二、一个选言判断,便可以统帅起一篇议论,寥寥 600 余字,便说出几番有关政治和人生的大道理来。反复体味此文,结构上实在是精致:三个选言肢,否定掉两个,便有否定的理由;肯定成一个,必有肯定的道理,议论就这样层层叠叠地铺展出来了。

三、清人戴名世亦有一篇《范增论》,不过大意则是批评范增立义帝是个错误,基本上把范增否了。这也是一种意见,但大约与戴名世的身世和处境相关,情调与技巧大不如苏轼这篇,可以参考。

附：议论思路

缘起： ①介绍评判对象的基础情况,引出下文议论话题。

↓

提出中心论点： ②提出苏轼的观点为中心论点:"独恨其不早耳"。

↓

进行证明：

③结合①段所说,苏轼提出了范增离去的时间点可以有三个,论者否定了前二个,以为该是第三个,引出下文的论证。

④项羽杀宋义,已是对范增起疑的先兆。不需要陈平离间,否定了第二个时间点。

⑤项羽杀宋义,造成项羽和义帝的分裂,必然要疑心范增,肯定了第三个时间点。

↓

收束全文： ⑥总结范增就该在杀宋义时离去。但范增为自己利益考虑,也太糊涂了,不过范增还是有功的。

十四　解读《留侯论》

学习要点

一、本篇所评留侯张良,也是汉初一位知名的重要人物,因与秦王朝有家国之仇,而加入反秦战争。他的重大事迹是博浪沙锤击嬴政,未能成功而被迫逃亡。后来归刘邦,成为汉家重要谋士,辅佐刘邦建立大汉王朝,因功封留侯而青史垂名。司马迁写《史记》,将其载入"世家"而非"列传",可见其事迹非常人所及。看张良的身世,绝对可算一位成功人士,而且史料清晰完整,不像范增还有许多问题弄不清楚,那么选择什么问题给张良做论,是学习本篇的一个有趣要点。

二、张良是官二代兼富二代,从小锦衣华食,相貌映丽。司马迁《史记》记载张良"余以为其人计魁梧奇伟,至见其图,状貌如妇人好女",不过一位帅哥而已。张良一生屡出奇计,深得刘邦看重,弄得司马迁也猜测他:"至如留侯所见老父予书,亦可怪矣。高祖离困者数矣,而留侯常有功力焉,岂可谓非天乎?"将张良的功绩归为天意。苏轼则认为一切在人为,所以选择了张良"圯上受书"一事进行论辩,指出黄石公可能是六国隐士,通过测试选择了张良来完成复仇大业;而张良所以被选中,则是他拥有成熟的政治家能够"忍辱"这个优点,全文的议论便由此展开。我们也可以体会到苏轼对拥有政治品质的渴求之心,当为我们今天有志的青年人学习的楷模。

知识准备

一、这也是苏轼所写作的,以对历史人物进行评价的历史文论。评价对象是楚汉相争中的一个重要人物张良。张良(约公元前250—公元前186年),字子房,汉初颍川(今河南宝丰)人,刘邦帐下重要谋士,与韩信、萧何并列为"汉初三杰"。

张良是汉初一个重要的历史人物,他家世显赫,属于官二代兼富二代。他的祖父张开地、父亲张平战国时都是韩国高官,秦国灭亡韩国,张良失家失国,对秦国取绝对对立的态度,他的重大举动是结交刺客,准备了大铁锥埋伏在博浪沙狙击秦始皇,不料误中副车而未成功。事后更姓换名,亡匿下邳(今江苏睢宁北);又遇黄石公,得《太公兵法》,苦修学习,从此足智多谋,深明韬略,后加入刘邦集团,成为刘邦的主要谋士。在楚汉战争中,有他出谋参与的重大事件有:灞上分封(为汉王请汉中地)、鸿门宴(结交项羽叔父项伯)以及多次楚汉战役的布局排阵,协助汉王刘邦最终夺得天下,因功封为留侯。张良精通黄老之道,不恋富贵,晚年据说随赤松子天下云游,其实是他深知"狡兔死良弓藏"的道理而有意躲避汉初统治者的忌害。去世后谥为文成侯。司马迁《史记》为其立传,专门记载其生平事迹。刘邦曾评价他说"夫运筹策帷帐之中,决胜于千里之外,吾不如子房"。

二、在张良的事迹中,最引人注意也最让人惊诧不已的就是"圯上受书"一事。张良锥击未成,被嬴政悬榜通缉,只好逃匿于下邳藏身。一天,他闲步来到沂水圯桥桥头,遇一着粗布短袍老者,故意把鞋脱落桥下,然后傲慢地要求张良给他捡鞋。张良见是个老翁,倒也不计较,到桥

张良像

下拾来鞋子。老者又吩咐张良给他穿上。张良想已经捡了鞋子，再帮他穿上也是做件好事，便压下心中不满，膝跪于前，帮他穿好。老者非但不谢，反而仰面长笑而去。张良十分愕然，老者走出里许，又返回桥头，对张良赞叹说："孺子可教矣。"随即与张良相约五日后凌晨在桥头相会。张良不知何意，诚心拜谢相别。

五日后，鸡鸣时分，张良如约而往，只见老者已到，见张良便斥责说："与老人约，岂可误时？五日后再来！"张良只得唯唯。五日后张良起早赶去，又落在老者之后，再次被骂，又约五日后见。第三次，张良再不敢怠慢，中夜便至桥头恭候。一会儿老者迤逦而来，见张良早至，遂说明心意并送他一本兵书，并说："读此书可为王者师。十年后天下将大乱，你可用此书兴邦立国。"并约定十三年后再于此地相见，言罢扬长而去。张良所受之书为《太公兵法》，他依老者所言认真学习，果然辅佐刘邦立国成功。后来人们都说，老者便是隐身岩穴的神仙黄石公，传说中也就又称他"圯上老人"。

原　文

留侯论

（宋）苏轼

①古之所谓豪杰之士者，必有过人之节，人情有所不能忍者。匹夫见辱，拔剑而起，挺身而斗，此不足为勇也。天下有大勇者，卒然临之而不惊，无故加之而不怒，此其所挟持者甚大，而其志甚远也。

②夫子房受书于圯上之老人也，其事甚怪。然亦安知其非秦之世，有隐君子者出而试之？观其所以微见其意者，皆圣贤相与警戒之义。世人不察，以为鬼物，亦已过矣。且其意不在书。当韩之亡，秦之方盛也，以刀锯鼎镬待天下之士，其平居无罪夷灭者，不可胜数；虽有贲、育，无所复施。夫持法太急者，其锋不可犯，而其末可乘。子房不忍忿忿之心，以匹夫之力，而逞于一击之间。当此之时，子房之不死者，其间不能容发，盖亦已危矣！千金之子，不死于盗贼，何者？其身之可爱，而盗贼之不足以死也。子房以盖世之

材,不为伊尹、太公之谋,而特出于荆轲、聂政之计,以侥幸于不死,此圯上之老人所为深惜者也。是故倨傲鲜腆而深折之,彼其能有所忍也,然后可以就大事,故曰:"孺子可教也。"

③楚庄王伐郑,郑伯肉袒牵羊以逆。庄王曰:"其君能下人,必能信用其民矣。"遂舍之。勾践之困于会稽,而归臣妾于吴者,三年而不倦。且夫有报人之志,而不能下人者,是匹夫之刚也。夫老人者,以为子房才有余,而忧其度量之不足,故深折其少年刚锐之气,使之忍小忿而就大谋。何则?非有平生之素,卒然相遇于草野之间,而命以仆妾之役,油然而不怪者,此固秦皇帝之所不能惊,而项籍之所不能怒也。

④观夫高祖之所以胜,而项籍之所以败者,在能忍与不能忍之间而已矣。项籍惟不能忍,是以百战百胜而轻用其锋。高祖忍之,养其全锋而待其弊,此子房教之也。当淮阴破齐而欲自王,高祖发怒,见于词色。由此观之,犹有刚强不忍之气,非子房其谁全之?

⑤太史公疑子房以为魁梧奇伟,而其状貌乃如妇人女子,不称其志气。呜呼!此其所以为子房欤!

解　读

宋仁宗嘉祐五年(公元1058年),是年方21周岁的苏轼与其弟苏辙,其父苏洵同登进士第的第二年,他被授官职河南福昌(今宜阳西)主簿(是各级主官属下掌管文书的佐吏,相当于秘书),算是成为国家公务员。但苏轼另有大志,并未赴任,而是经欧阳修、杨畋等推荐,留下来住进怀远驿,继续准备制科考试。试前,苏轼把自己准备功课时所写的十五篇《进策》、二十五篇《进论》献给杨畋、富弼等人,《留侯论》即为《进论》中的一篇。

与《范增论》不同,范增的事迹基本被淹没在项羽的光辉之中,讨论范增,有较大的回环空间,苏轼敏锐地抓住"范增何时离开项羽合适"这个带有突发奇想的分析点进行议论的创意,显示出他比一般人更能看到问题的骨子里,即"审时度势"的问题。势,比较好分析:项羽和刘邦,在楚汉相争的前五分之四的时间里,势都在项羽这边,兵力强弱、攻占城池、人心向背与影响力等等,明眼人都能看得出来,事实论据多得很;但能够做到"审时"确是一件不容易的事了。苏轼选择了范增所经的三个时间点进行选言分析,虽然历史不能在发生变化,但对政治家的要求却是非常具有说服力的,从而表明了苏轼热心从政,并注意从历史中吸取经验教训,积累一个政治家必须有的政治品质与从政能力,写成议论文章,也给了后人知识的教诲。

《留侯论》中张良的生平事迹,史籍中有传,清清楚楚,不需辩证,那么要评张良,评他的什么呢?

苏轼抓住了张良政治修养中常人难以做到的一件大问题:"忍辱"来展开分析——这是论题的提出。

第①段,劈头就提出一个直言判断作为自己的论点:"古之所谓豪杰之士者,必有过人之节,人情有所不能忍者。"这句话,我以为文句可能有所脱漏,应该为"'即可忍'人情(有)所不能忍者"。"人情有所不能忍者"是对"过人之节"的具体解说,这样读下来语气才能够紧密地贯通。

劈头提出论点的处理,不同于规范的议论文,不是先摆出话题,然后提出论者的观点。这种开头一般称之为"开门见山"。

开门见山,是议论文起笔的一种形式,但不应该是标准形式。为什么?因为是用开门见山方式是需要条件的。条件一:所议及的话题应该是读者熟知的历史,或是当前的热门事件,否则你劈头提出论题,读者会茫然不知所指;条件二,在条件一的基础上,使用开门见山,会表明议论者的反应相当强烈,大有"这么一件事,我怎能不激愤地表明态度"的情绪出现。没有这两个条件,使用开门见山会显得十分突兀。

按常理说,张良事迹一般人从小便耳熟能详,所以条件一是具备的;当然,若在读苏轼《留侯论》之前能把《史记·留侯列传》再读一遍更好,会对苏轼的立论印象更深。

苏轼对张良的评论如此开始,表现出作者对张良的重视,要从世间对张良的一些不妥当的看法中辩论出自己的真知灼见来——这也是我提出"文句可能有所脱漏"看法的依据,"人情所不能忍者"还能是小事情、小问题吗?

就这一条,苏轼我就认定张良是个真正的"豪杰之士"! 所以开门见山第二个条件也是具备的。

论题提出后,接下来两个延伸判断:什么是真正的"过人之节"即"人情(有)所不能忍"?"匹夫见辱拔剑而起"的做法,这个不是;"卒然临之而不惊,无故加之而不怒",这个才是。一正(忍辱)一反(不能忍辱),把"过人之节"说得清清楚楚。

第②段围绕立论提出了辩驳的第一个理由:"孺子可教"——张良懂得为大计之故,在小事上也能采用忍辱的态度对待。

遍观张良事迹,最大的"忍辱"事件莫过于"圯上受书"了。没能看出张良有过人之节的人,常常把此事当成"神仙说"——上天派来一位神仙,特意授给张良宝书,才使他日后成为刘邦的超级谋士。苏轼对此观点作出否定判断:"而世不察,以为鬼物,亦已过矣",证据则是老人话语之中表示的都是圣贤警戒世人的道理。再一个证据是:张良原本是有"不能忍辱"前科的(锥击秦皇),于是老人"深惜"、"倨傲鲜腆而深折之",特别考察一下张良是否可以授予重任。考察通过,所以老人曰:"孺子可教也。"

第③段为立论提出了第二个理由:张良有为完成远大志向而忍辱的度量。

什么是能为完成远大志向而忍辱的度量? 苏轼以两个历史史实为例给予判断,一是郑伯肉袒退楚庄,二是勾践三年事吴而不倦;再用张良在老人面前之所为证明张良有如此的度量。这个度量的效力在于可以"忍小忿而就大谋",遇事能够镇定不怪,不惧不怒,方能成就大业。

第④段提出第三个理由:因为张良的能忍,终使张良成就了大业。用来证明的论据有两个:其一,项籍百战百胜而轻用其锋,失败在于不能忍;其二,刘邦养其全锋而待于敝,成功在于能够忍,但也为张良所教,具体事例便是韩信欲称王,刘邦发怒而被张良劝止。

论题的提出,已经见到苏轼对历史的卓越见解:张良成功,自有多方面的历史原因,但作者只抓住作为历史人物的主观要素"能否忍辱"入题。历代史学家中也有注意到"忍辱"的重要性的,如《论语·卫灵公》中孔子谈及"小不忍则乱大谋",但未展开;《史记·淮阴侯列传》讲述韩信少年时受胯下之辱的事情,也未作片言评价。为大志的政治家需要为小处忍辱,并将其上升到"过人之节"的高度,是苏轼首提。

论题的展开,更可看出苏轼在史论上的过人之处。

三个理由,当然是苏轼立论的论据,分别从"忍辱的实质"、"忍辱的效力"、"忍辱的成果"三个方面给予阐述。但由于本篇议论属于评论性质,我们前面曾经谈到:评论文章中证明理由成立的论据,需要出自评论对象自身,所以除郑伯、勾践二例之外,都是出自《淮阴侯列传》所载的史实材料。而三个理由有步步深入论证人如对政治家的重要意义,使读者既从理论方面被议论说服,也像迷雾被层层剥开那样明白自己应该如何效法和锻炼。

论题的结束为第⑤段,则有裂帛穿空、惊然一悟之妙,与开门见山的气势相对并呼应:论题的话不再说了,笔锋一下翻转到写《史记》的司马迁揣测张良似为伟岸丈夫的话,而实际他的身材、气概完全像个少妇。苏轼轻轻一句:这才是张良的个性所在啊——要做就做天下最独特的人,其实就是写自己:要写文章就写天下没人写过的议题,表现天下没人表现过的风格啊!

思考提示

一、苏轼的散文创作情感充沛,故而敢于大开大合。他关心历史人物,是为了从中吸取经验与动力,为自己积极参政铺平道路。他关注张良,就是想效仿张良为国为君做个栋梁之臣。对张良的一生,他既钦佩张良在秦皇势如中天的时候,敢于挺身而出,安排死士在博浪沙发出惊天一击;他更赞赏一个富家贵胄,能在圯水桥头尽仆妾之仪。但他在分析中冷静悟出:前者不是大勇,真正的勇是卒然临之而不惊,无故加之而不怒。正因为建立了这样的认识,苏轼一生为官坎坷,但能始终保持豁达心态,不能说他不是因研究张良而给自己树立了榜样,更重要的是尽管困难或蹉跎接踵而至,苏轼仍然按照自己的初衷为朝廷尽忠并为百姓谋福。

二、苏轼为人与为文,均是豪放之中加以婉约,落笔自如却又深合规矩。《留侯论》是一篇史评,只需表达自己态度并申明理由即可,但苏轼仍然按照议论文"要说服读者"的要求认真成文。全文总的框架仍是话题—立论—证明—收束四层架构处理,但又有了新的变化:话题部分被假定为读者十分熟悉张良事迹被隐藏,以为表达苏轼强烈的情感腾出空间。而结尾收束部分也不再进行总结,却是像散文那样奇峰突立,给读者留下无穷的想象空间。这种笔意奇出,恰是诗歌手法,给论理文章增添了文学色彩。

三、苏轼《留侯论》一出,后世论者无不称赞文笔之妙,现列举如下:

1.明人杨慎《三苏文苑》

东坡文如长江大河,一泻千里。至其浑浩流转、曲折变化之妙,则无复可以名状,而尤长于陈述叙事。留侯一论,其立论超卓如此。

2.明人茅坤《唐宋八大家文钞·苏文忠公文钞》卷十四引王慎中

此文若断若续,变幻不羁,曲尽操纵之妙。

3.清人金圣叹《天下才子必读书》卷十四

此文得意在"且其意不在书"一句起,掀翻尽变,如广陵秋涛之排空而起也。

4.南宋人吕祖谦《古文关键》卷二

①先说忍与不忍之规模,方说子房受书之事,其意在不忍,此老人所以深惜,名以仆妾之役,使之忍不耻就大谋,故其后辅位高祖,亦使忍之有成。

②一篇纲目在"忍"字。

5.明人郑之惠《苏长公合作》卷六

发得圯上老人意思彻,亦是磨砺千古英雄型范。

6.明人郑之惠《苏长公合作》卷六引钱文登

一意反复到底,中间生枝生叶,愈出愈奇。

7.明人归有光《文章指南》

作文须寻大头脑,立得意定,然后遣词发挥,方是气象浑成。如韩退之《代张籍与李浙东书》以"盲"字贯说,苏子瞻《留侯论》以"忍"字贯说是也。

8.清人储欣《唐宋八大家全集录·东坡全集录》卷二

博浪沙击秦,一事也;圮桥进履,又一事也。于绝不相蒙处,连而合之,可以开拓万古之心胸。

9.清人储欣《唐宋八大家类选》卷五

子房不能忍,老人教之能忍,子房又教高祖能忍,文至此,真如独茧抽丝。

10.清人林云铭《古文析义》卷十三

此篇以"忍小忿而成大谋"一句,发由黄石授书之意。虽未必合于当日事情,但能忍不能忍之间,实为刘、项成败之案,说得中窾。且以黄石为秦之隐君子,卓识不刊,可唤醒世人狂惑。文字之佳,又其余事耳。

11.清人吴楚材、吴调侯《古文观止》卷十

人皆以受书为奇事,此文得意在其意且不在书,一句撇开,挛定忍字发议。滔滔如长江大河,而浑浩流转,变化曲折之妙,则纯以神行乎其间。

附：议论思路

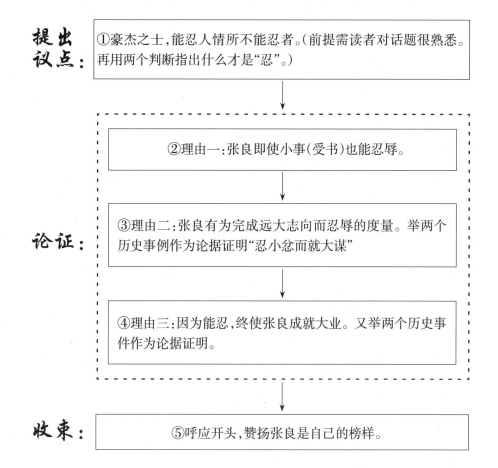

提出
议点：　①豪杰之士，能忍人情所不能忍者。(前提需读者对话题很熟悉。再用两个判断指出什么才是"忍"。)

论证：

②理由一：张良即使小事(受书)也能忍辱。

③理由二：张良有为完成远大志向而忍辱的度量。举两个历史事例作为论据证明"忍小忿而就大谋"

④理由三：因为能忍，终使张良成就大业。又举两个历史事件作为论据证明。

收束：　⑤呼应开头，赞扬张良是自己的榜样。

结构特点：省略"话题缘起"层次。

十五 解读《贾谊论》

学习要点

一、贾谊是西汉初年著名的思想家、文学家,是个公认的才子。苏轼对他进行分析,既不是一味地歌颂,也没有择其一点不遗余力地批判。贾谊是个悲剧性人物,他受到皇帝的重视,却又因才华不能充分施展郁郁而终,苏轼便抓住他这一点,寻求其中的教训,以为自己及有才华的青年人提供经验。

二、对贾谊的悲剧性命运,后人多认为是汉文帝不识人才,不能充分发挥贾谊的才干,苏轼却力排众议,认为贾谊的悲剧源于自身性格的缺陷。这就要展开充分的说理,所以本文是一篇富于辩驳力度的议论文。辩驳力度,不仅显明于中心论点及分论点的有序展开,而言辞话语中又富含作者的悲愤感情,情、意交映是本篇议论的重要特色。

三、与《留侯论》相同,都使用了"开门见山"的立意手法。但可看出,这种方法必须是读者对话题材料相当熟悉,才可使用。但两篇在具体使用上又有差异,《留侯论》是在"见山"之后便把话题材料缓缓展开,语气沉着;《贾谊论》的"见山",则是满含着一种痛惜不已的悲愤,然后再提出贾谊"不能自用其才"的两方面表现,以引起下文的论证。所以说,"开门见山"法的使用要有条件,并根据全文立意给予精妙的处理。

知识准备

一、本篇也是苏轼为进入政界而做的学习准备之一。嘉祐二年（公元1057年），苏轼到京城参加科举考试，试于礼部，这时他才21岁。嘉祐五年（公元1060年）出任大理寺评事，签书凤翔府判官，四年的时间里他写了二十五篇《进策》、二十五篇《进论》，阐述他的政治思想和主张，《贾谊论》即为《进论》中的一篇，而且是相当重要的一篇，文中所论，是历史上一位被公认为很有才华的人物，他也曾受到皇帝的赏识，却没能充分施展他的抱负，最后竟至抑郁而死。这里的教训是什么，且对自认与贾谊有同样才华的青年人有何可借鉴之处，都是苏轼通过研究而警醒自己并免蹈覆辙的参照。

二、贾谊（公元前200年—公元前168年），西汉洛阳人，汉代著名思想家、文学家。其代表作品有《过秦论》、《论积贮疏》、《治安策》等。

唐代诗人李商隐曾有一首七绝《贾生》，道出贾谊人生的悲剧："宣室求贤访逐臣，贾生才调更无伦。可怜夜半虚前席，不问苍生问鬼神。"诗中讲述贾谊才调绝伦，天下无双，受到重用却又被放逐成为"逐臣"。即便如此，皇帝还是感慨身边不能缺少他，夜半三更宣召他入宫求教，但万万没有想到，皇帝垂询他的，不是百姓国家之大业，竟是与

贾谊像

世无干的鬼神虚妄的事情。这首诗表现出诗人对贾谊的遭际深深的叹息。

包括司马迁在内的后人心里，大多像李商隐一样，感叹贾谊的怀才不遇、郁郁而终，而斥责汉文帝的误才之庸。苏轼却一反众议，对贾谊的人生作为提出了自己的看法，认为贾谊的悲剧原因出于自身，是由于贾谊不能"自用其才"、"不善处穷"、"志大而量小"而造成他的人生悲剧。这是在对

贾谊的评价史上第一次出现不同的观点,表现了苏轼不落他人窠臼而敢于从社会实际和自身实际的角度独立思考的特点,值得我们认真学习,并吸取苏轼的写作经验。

原 文

《贾谊论》

(宋)苏轼

①非才之难,所以自用者实难。惜乎!贾生,王者之佐,而不能自用其才也。

②夫君子之所取者远,则必有所待;所就者大,则必有所忍。古之贤人,皆负可致之才,而卒不能行其万一者,未必皆其时君之罪,或者其自取也。

③愚观贾生之论,如其所言,虽三代何以远过?得君如汉文,犹且以不用死。然则是天下无尧、舜,终不可有所为耶?仲尼圣人,历试于天下,苟非大无道之国,皆欲勉强扶持,庶几一日得行其道。将之荆,先之以冉有,申之以子夏。君子之欲得其君,如此其勤也。孟子去齐,三宿而后出昼,犹曰:"王其庶几召我。"君子之不忍弃其君,如此其厚也。公孙丑问曰:"夫子何为不豫?"孟子曰:"方今天下,舍我其谁哉?而吾何为不豫?"君子之爱其身,如此其至也。夫如此而不用,然后知天下果不足与有为,而可以无憾矣。若贾生者,非汉文之不能用生,生之不能用汉文也。

④夫绛侯亲握天子玺而授之文帝,灌婴连兵数十万,以决刘、吕之雌雄,又皆高帝之旧将,此其君臣相得之分,岂特父子骨肉手足哉?贾生,洛阳之少年。欲使其一朝之间,尽弃其旧而谋其新,亦已难矣。为贾生者,上得其君,下得其大臣,如绛、灌之属,优游浸渍而深交之,使天子不疑,大臣不忌,然后举天下而唯吾之所欲为,不过十年,可以得志。安有立谈之间,而遽为人"痛哭"哉!观其过湘为赋以吊屈原,纡郁愤闷,趯然有远举之志。其后以自伤哭泣,至于夭绝。是亦不善处穷者也。夫谋之一不见用,则安知终不复用也?不知默默以待其变,而自残至此。呜呼!贾生志大而量小,才有余而识不足也。

⑤古之人,有高世之才,必有遗俗之累。是故非聪明睿智不惑之主,则不能全其用。古今称苻坚得王猛于草茅之中,一朝尽斥去其旧臣,而与之谋。彼其匹夫略有天下之半,其以此哉!愚深悲生之志,故备论之。亦使人君得如贾生之臣,则知其有狷介之操,一不见用,则忧伤病沮,不能复振。而为贾生者,亦谨其所发哉!

解　读

还是先把原文标上序号。

本篇与《留侯论》相似,由于评论对象的事迹读者都很熟悉,所以不必再展示一番贾谊的生平要略,直接就可以点明议论的主旨了。第①段便迅速进入中心论点:"非才之难,所以自用者实难"。这又是属于"开门见山"的笔法。但既然是对历史人物的评价,就要交代历史人物姓甚名谁。《留侯论》是到第②段才缓缓讲出"夫子房受书于圯上之老人也……"显得不慌不忙,从容不迫,一副坐下来慢慢论辩的架势。但《贾谊论》不同,主旨提出后,紧接着就是"惜乎!贾生,王者之佐,而不能自用其才也。"一个"惜乎!"的感叹,一个"王者之佐"的提示,不仅语感十分急促,而且语义也很沉重:这不是一般的"才"啊,是王者之佐的"才",更反衬了论者的惋惜之情。所以第①段,既"见山"式地提出论点,又交代了话题中最浓重的点,同时表达出论者的思想感情。寥寥几个字,一举实现了三重功能,可以看出苏轼语言驾驭能力之强、开篇布局功力之深。这是我们研读本文见到的第一个亮点。

第②段按常例应该进入提出分论点而对中心论点进行证明了,不少分析者都是这样理解的。譬如一位作者如此分析:

第二段,由强烈的惋惜进入舒缓的说理。提出"有所待"、"有所忍"是君子施展抱负必须经历的艰苦过程,而古代贤人郁郁不得志,不一定是当时君主不识贤才,或许是他们自己造成的。……"夫君子之所取者远,则必有所待;所就者大,则必有所忍",是围绕开头中心论点而抛出的一个分论点。

　　这是一种稍显僵化的思维,有点想当然的味道。文章是千变万化的,尤其是名家大师的文章,尽管"大体则有",但实行起来却是"定体则无"。本篇第一段强调的是语气和语义,对话题没有用多的笔墨。但真的论起来,该交代的还得交代,"不能自用其才"是个笼统的表述,所以第②段是对第①段的补充延展,具体解释贾谊"不能自用其才"的表现是什么。这有点像《外人皆称夫子好辩》那篇,"予岂好辩哉"的实质是"予不得已",同样,贾谊问题的实质在于不能像君子那样"有所待"且"有所忍",这恰恰是两个分论点,前者是时机问题,后者是心态问题,都需要自己把控,把控不好,当然就不能算是国君的错。下文第③与第④两段就各自论证一个分论点成立。所以第②段既没有正式开始证明,也不能算是一个分论点。文章的层次关系的确要仔细推敲才是。

　　这里还有一点要注意,谈"待"与"忍"的时候,苏轼没有从负面入手,而是从正面指出君子的"待"与"忍"及其原因,这就形成了立论而非驳论。第一,苏轼很崇敬贾谊,没必要去给偶像伤口上撒盐;第二,大家都认为是汉文帝不识才,也不是苏轼要驳斥的靶子。使用立论,论者就更主动更从容一些。

　　第③段开始对所立论点进行证明了,这段证明围绕"有所待"进行,用了三个论据。第一个论据是客观情理:君子"有所待"是常态,汉文帝已经够好的了,不能指望都是夏商周的理想政治和都是识才贤君尧与舜吧?第二个论据是孔子,那样的大圣人都需要有所待,时时都在努力寻找贤君。第三条论据是孟子,也是了不起的圣人,在不能成功的时候仍然高高兴兴地等待。由此总结,不是汉文帝不能用贾谊,而是贾谊不会用"等"来"用"汉文帝。

　　第④段对第二个分论点"忍"进行证明。

　　"忍"和"待"的情况不同,"待"是时机的等待与寻找,需要审时度势,相对来说较为容易一些。而"忍",不仅要有对客观形势的准确分析,更需要有主观的大度气量,能够像下棋那样多看几步,如牛负重,处变不惊。这一段论证先举了贾谊所处境地:以一个普通的洛阳少年,面对的是与皇室有恩有情的绛、灌家族,不去深交,岂能得志?然后批评贾谊的痛哭和凭吊,至于夭绝,更是"不善处穷",走上自残之路。最后做出对贾谊的总结性判断:贾谊的不会"忍",是志大而量小,才有余而识不足。

第⑤段是全篇的收束,以向国君建言献策的方式提出对人才的使用问题。这一段是步步推进的,先是提醒国君:高世之才常有遗世之累,国君要识才,要表现出不为表象迷惑的聪明睿智;其次用前秦苻坚为榜样,望国君大胆用才,以成大业;再次恳请国君要知道高才如贾谊者常犯的毛病,由此要怜才,允许他们狂狷与沮丧并存;当然,最后,期望还是要落在贾谊者的身上:要知道自己的不足,不要轻易犯不等、不忍而又自残的错误,一句话,要珍惜自己的盖世才华啊。

这一段的收束可以总结为:识才—用才—怜才—惜才。

思考提示

一、本篇的学习难度有两点。其一是论者对贾谊的复杂情感,苏轼对贾谊是既同情又惋惜,敬仰他的才华,却感慨他的器量太小,才有余而识不足,终而酿成自己的人生悲剧。在论述君子会"等"、会"忍"而批评贾谊时,又把握了很细腻的分寸,既不过分又十分中肯。在总结时则步步推进,收束非常稳妥。其二是论辩的结构,清晰且富于变化。第一个变化是开门见山中情感的突出,第二个变化是中心论点的延伸与分解,将笼统的"不能自用其才"具体化为"所待"与"所忍"两个方面,然后转为立论性证明,在证明中也能很好地把握情感分寸。这两点表现了苏轼驾驭议论的功力,但总起来说,本文对贾谊的评价是情大于理。

二、苏轼之前,对贾谊的评价大都慨叹汉文帝不能识才、怜才,导致了贾谊的人生悲剧。苏轼写此文,换了一个角度,认为贾谊的悲剧更多出于自身:不能自用其才,不能待也不能忍,所以是志大而量小、才有余而识不足。结合苏轼自己的人生目标和性格禀赋,写此文可谓是给自己立定了一面镜子,时时警醒,处处着意,对我们今天的学习和修养,应该说是有积极意义的。

但苏轼的文章对后人又是一个启发:分析历史人物,可以从时代、形势、君王、环境以及臣子个人等多方面来观察和进入,于是便出来不少文章,或是同意苏轼,或是反驳苏轼,甚至对苏轼的为人和政治抱负进行攻击,林林总总,非常热闹。这也给了我们启发:有不同甚至相悖的意见是很正常的,关键是我们一要尽可能全面占有资料,不可只顾一点不及其余;二要学会辩证观念,分清主次,抓住主要矛盾,看清本质,得出科学结论;三要掌握娴熟的论辩技巧,写出有说服力的评论或辩论文章。

我们列举一些后人的评论,供读者学习与分析。

1.方宗识《贾生论》

苏子瞻谓"贾生志大而量小,才有余而识不足",是不然,且未详考贾生之事实也。高汉之初,承秦弊,土宇虽定,而先王之礼乐、法制所以社稷安人民者,悉敩且未当。……及生迁长沙,卑湿自以寿不得长,乃过湘为赋吊屈原以致其惓惓不忘君国之意,而故为反词以自解伤悼之怀,又为《鹏鸟赋》以自广。观其言,殆非达天安命者不能为也,而可谓其不善处穷者邪?……嗟乎!世多称贾生之才,而余以为贾生之识,足以见微而知著,其志在防微杜渐,为天下筹长治久安之策。

2.《纪事本末》卷六十二

上曰:"轼有文学,朕见似为人平静,司马光、韩维、王存俱称之。"安石曰:"邪恁之人,臣非苟言之,皆有事状。(苏轼)作《贾谊论》,言优游浸渍,深交绛、灌,以取天下之权;欲附丽欧阳修,修作《正统论》,章望之非之,乃作论罢章望之。其论都无理。"

3.王夫之《读通鉴论》

贾谊、陆贽、苏轼,之三子者,迹相类也。贽与轼,自以为谊也,人之称之者,亦以为类也。贽盖希谊矣,而不能为谊,然有愈于谊者矣。轼且希贽矣,而不能为贽,况乎其犹欲希谊也。

4.《焚书》卷五《读史·贾谊》

我的看法,贾谊是善于用才的。理由有二:一、贾谊能做官。年二十余就入朝为官,受到汉文帝赏识,一年中就升到太中大夫。天子还想让他任公卿之位。二、贾谊能作文。贾谊死时才三十三岁，留下《过秦论》、《上疏陈政事》、《大政》等诸多名作，如《过秦论》堪称千古名篇被司马迁收入《史记》。《上疏陈政事》被班固录入《汉书》。汉人著述虽多，能留下千古名篇的能有几人！贾谊虽然英年夭折，却也高度施展了他的才华。怎么能说他"不能自用其才"呢？……李贽认为贾谊"通达国体，真实切用"，"汉庭诸子，谊实度越"。后代一些儒臣"以朝廷之富贵养吾之声名"，却"亦敢于随声雷同以议贾生"。

5.周桂钿《苏轼〈贾谊论〉别解》

　　李贽以大无畏的精神议论古今，不崇拜权威偶像，独抒己见，对贾谊能做出这样的评价，实属不易。后代当官的没有研究，只是随声附和，议论贾谊，不能理解贾谊的切实政见。这大概也包括苏轼的《贾谊论》中的观点。

附：议论思路

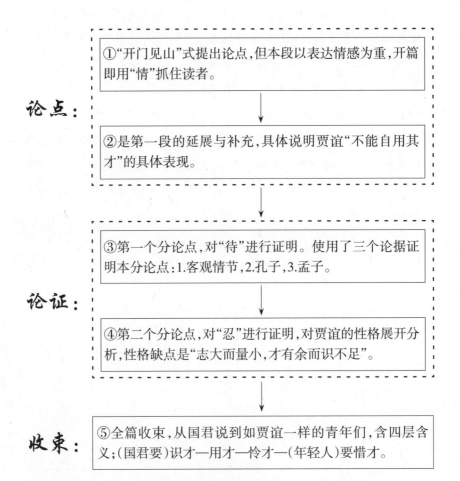

论点：

①"开门见山"式提出论点,但本段以表达情感为重,开篇即用"情"抓住读者。

②是第一段的延展与补充,具体说明贾谊"不能自用其才"的具体表现。

论证：

③第一个分论点,对"待"进行证明。使用了三个论据证明本分论点:1.客观情节,2.孔子,3.孟子。

④第二个分论点,对"忍"进行证明,对贾谊的性格展开分析,性格缺点是"志大而量小,才有余而识不足"。

收束：

⑤全篇收束,从国君说到如贾谊一样的青年们,含四层含义;(国君要)识才—用才—怜才—(年轻人)要惜才。

结构特点:同上文一样省略了"话题缘起"层次。

十六　解读《晁错论》

学习要点

一、晁错的情况比起范增、张良、贾谊来又相对复杂些了。不说其他成就，但就从政一点而言，晁错作为政治战略家是合格的，但作为政治战术家就不合格了，这是苏轼独到的结论，他的这篇史论也是从这里展开的。

二、本篇议论文的写作，也有自己的特色，首段半似开门见山，但实际是已通过宏观分析揭示中心论点，然后补叙话题，再进入证明，最后进行收束。首段的宏观分析，与证明段具体到晁错的所作所为的分析，遥相对应，使得本篇的论辩有种绵延不断、余音绕梁的感觉。

三、本篇首次出现"二难推理"，可以体会学习。

知识准备

一、晁错（公元前200年—公元前154年）的基本情况，可参看本书《论贵粟疏》一文对作者的介绍。与本篇有直接关系的，是晁错进言削藩，而招致杀身之祸的事件，苏轼据此写了《晁错论》。

刘邦建立汉王朝，认为强秦的失败一个很重要的原因是实行了郡县制，权力都被分散到地方，同时为了酬答跟随他在反秦、反项的战争中立下大功的臣下，便实行了郡国制。中央行政，沿袭秦朝，在皇帝之下，设丞相、太尉、御史大夫，分掌政务、军事与监察，称为"三公"。在三公之下，又设有辅佐三公的"九卿"。地方行政机构，除沿袭秦朝的郡县制外，还根据反秦灭项战争中的功劳大小，分封了145个王侯，形成郡国交错的局面。

经过一段时间的修养生息，部分王侯的势力越来越大，威胁到中央政权。晁错便进言削藩，剥夺诸侯王的政治特权以巩固中央集权，初，景帝未置可否。景帝二年(公元前155年)晁错又再次提出削藩，上疏《削藩策》，指出："今削之亦反，不削亦反。削之，其反亟，祸小；不削之，其反迟，祸大。"

削不削藩，事关重大。景帝召集朝中公卿大臣与皇族集会商议，众人因见晁错深受景帝重用，无人说话，只有窦太后之侄，时任詹事的窦婴出来反对，从此二人结仇。

景帝决定削藩，诏令削夺赵王的常山郡、胶西王的六个县、楚王的东海郡和薛郡、吴王的豫章郡和会稽郡，晁错随之修改了30条法令。削藩一事，引起各诸侯王的强烈反弹，连晁错的父亲也劝他慎重从事，晁错不听，其父遂服毒自尽。

削藩令下达十多天后，以吴王刘濞为首的吴楚七国提出"请诛晁错，以清君侧"为名，起兵叛乱。景帝向晁错问计，晁错竟建议汉景帝御驾亲征，自己留守京城。时逢窦婴进宫，请求景帝召见袁盎。袁盎见到景帝，建议接受叛军条件诛杀晁错，遂设计将晁错腰斩于东市。随即出兵，平定了吴楚七国的叛乱。

晁错的削藩主张是对贾谊"众建诸侯而少其力"思想的继承，但态度比贾谊坚决，并进而付诸实施。吴楚叛乱平息后，汉景帝继续进行政权体制改革，逐步削弱诸侯王的权力。可以说，晁错以自己的牺牲巩固了西汉王朝的中央政权，并为汉武帝以"推恩令"进一步解决地方割据分权问题，打下了坚实的基础。

晁错也是优秀的政论家、文学家。其著名作品有《言兵事疏》、《守边劝农疏》、《贤良对策》，风格"疏直激切，尽所欲言"，鲁迅赞赏他的文章"西汉鸿文，沾溉后人，其泽甚远"，《论贵粟疏》即为其代表作。

二、我们了解了晁错的生平之后，可以看一下苏轼所以写《晁错论》的意图和思路了。

青年苏轼，志向高远，愿以自己的一生为国家做大事业。由此，他着眼于国家的全局，当然是支持晁错加强王朝中央集权思想和行动的，他同时潜心研究各朝各代的重大历史事件,希图从中找出可以借鉴学习的经验与教训,所以写下了数篇历史策论,其著名篇章有:《宋襄公论》、《秦始皇帝论》、《汉高帝论》、《魏武帝论》、《伊尹论》、《周公论》、《管仲论》、《士燮论》、《孙武论(上、下)》、《子思论》、《孟子论》、《孟轲论》、《乐毅论》、《荀卿论》、《韩非论》、《霍光论》、《扬雄论》、《诸葛亮论》、《韩愈论》以及被《古文观止》一书收录的《范增论》、《留侯论》、《贾谊论》、《晁错论》诸篇。

《晁错论》一篇不去质疑晁错"削藩"主张的对错,而是关注一个政治家应该如何有理、有力、有节地发动和处置重大政治事件。所以本文的议论不是辩驳,而是分析,分析一位历史人物悲剧发生的原因何在;但即便是分析,也需要证明自己的结论正确,所以也要有论点、分论点、论据与证明。这里需要事先说明的是,分析类文章比较难写,原因一是事实论据基本不能离开分析对象,这就需要对论述对象十分熟悉;原因二则是会使用大量的判断,层层推进,直至推出作为结论的判断。分析二字,分是用刀斩断,析是用斧(斤)劈开,都要对准评判对象的纹理,控制自己剖解的力度,反复体味,精心把握,才能达到庄子所言的"庖丁解牛"的水平。

原　文

《晁错论》

(宋)苏轼

①天下之患,最不可为者,名为治平无事,而其实有不测之忧。坐观其变,而不为之所,则恐至于不可救;起而强为之,则天下狃于治平之安而不吾信。惟仁人君子豪杰之士,为能出身为天下犯大难,以求成大功。此固非勉强期月之间,而苟以求名之所能也。天下治平,无故而发大难之端;吾发之,吾能收之,然后有辞于天下。事至而循循焉欲去之,使他人任其责,则天下之祸必集于我。

②昔者晁错尽忠为汉,谋弱山东之诸侯。山东诸侯并起,以诛错为名,而天子不之察,以错为之说。天下悲错之以忠而受祸,不知有以取之也。

③古之立大事者，不惟有超世之才，亦必有坚忍不拔之志。昔禹之治水，凿龙门，决大河而放之海。方其功之未成也，盖亦有溃冒冲突可畏之患。惟能前知其当然，事至不惧，而徐为之图，是以得至于成功。夫以七国之强，而骤削之，其为变，岂足怪哉？④错不于此时捐其身，为天下当大难之冲，而制吴、楚之命，乃为自全之计，欲使天子自将而己居守。且夫发七国之难者谁乎？己欲求其名，安所逃其患？以自将之至危，与居守之至安，己为难首，择其至安，而遗天子以其至危，此忠臣义士所以愤怨而不平者也。⑤当此之时，虽无袁盎，亦未免于祸。何者？己欲居守，而使人主自将。以情而言，天子固已难之矣，而重违其议，是以袁盎之说得行于其间。使吴、楚反，错以身任其危，日夜淬砺，东向而待之，使不至于累其君，则天子将恃之以为无恐，虽有百盎，可得而间哉？

⑥嗟夫！世之君子，欲求非常之功，则无务为自全之计。使错自将而讨吴、楚，未必无功。惟其欲自固其身，而天子不悦，奸臣得以乘其隙。错之所以自全者，乃其所以自祸欤！

解　读

本篇的写作思路与《贾谊论》有些相似，开头第①段也不是摆出话题，而是把作者的观点即中心论点摆出来，似乎也是"开门见山"的写法，但细细分析却又不完全是这样。

第①段里有没有中心论点？有，但不是《贾谊论》那样充满感情地写出"惜乎"话语。本篇冷静得多，作者的确在那里认认真真地分析着，推出一个又一个判断，最后才摆出中心论点。由此看来，中心论点提出之前，已经有了一场推理的证明。

第①段，连续提出了7个判断：

1是直言判断：天下之患，最不可为者，名为治平无事，而其实有不测之忧。

——天下最难的事，是表面太平无事而内藏不测之忧。这个判断是第

①段的总领。

2是正面的直言判断:不采取办法,最后没法收拾。

3是反面的直言判断:采取办法,人们习惯于太平,就会不相信你。

2、3加在一起,是不相容的选言判断,与1配合到一起,成为二难判断:你不做,会错;你做,人们也认为你错。总体意思便是:不管做或不做,都是错。

4是直言判断:君子是不顾这个"二难",会挺身而出,甘冒危难地做大事的。

5是联言判断:但是做大事不会短期内就完成,沽名钓誉的人也做不了大事。

6又是对应的联言判断:君子做大事,(因为时间长)就要会发动也会解除;(也因为不会落好名声)就要有正当的理由。

7是延伸6,从反面对应提出的判断:处理不好这个大事,灾难就会落在发动者的头上。

7个判断里,1、2、3构成一组,提出了"难"。4、5、6构成一组,提出是君子就要战胜"难"。

第7个判断顺理成章:君子战胜不了"难",便会引祸杀身。该判断即全文中心论点。

这个中心论点不是凭空而降、突兀地提出来的,是从人们一般都能理解或熟悉的道理那里,一步步具体化地分析出来的。

苏轼经过这①段的分析,不仅指出做大事但处理不好就会引祸在身的中心论点,而且使用演绎的方法,从一般道理上推出没有把这件大事处理好。如此则已经把中心论点作了第一次证明,这是和以前所讲过的议论文完全不同的。

那么,第①段的分析与所提中心论点,是针对谁而发的呢?所以还要回到话题上来,第②段便必须指出本篇所评判的主体对象,即晁错:天下悲错之以忠而受祸,不知错有以取之也。

下一段,我们标出了③④⑤三层,这三层是具体到晁错身上,来分析晁错作为为国家做大事的人,究竟错在何处而招来杀身之祸。

第③层,承接第①段的判断5与判断6的前一个联言肢:做大事不会短期内完成,所以君子做大事要会发也要会收,指出晁错错在提出削藩,却没有"徐为之图"而仅仅是"骤削之",所以"其为变岂足怪哉"?

第④层,承接第①段的判断5与判断6的后一个联言肢:做大事不能只为沽名钓誉,理由正当就应该坚持,指出晁错错在七国叛乱之时,竟然让皇帝亲征出战"以其至危",自己躲在国都"择其至安",使得"忠臣义士所以愤怨而不平"!

第⑤层,承接第①段的判断7,并进而分析,不仅忠臣义士会不满意晁错,连皇帝也不会满意晁错,所以不管有没有袁盎,灾祸自然会落到晁错身上,晁错是必死无疑的。

分析到这里,我们发现苏轼的论辩是非常精致的,分论点与论据,像一张精密织成的网,密密地把论点包裹起来,处处充满一种向心的力量:③④⑤层分析了晁错的三大错误,而认定错误的理由各自都来源于第①段里连续推出的7个判断。由于第①段陈述的都是符合常识的一般性原理,不可辩驳,第③④⑤层的分析既是事实又有原理的支撑,对于中心论点,便也富于十分的说服力量了——晁错之死,原因不在他人,而在晁错自己。

第⑥段,便可自然结束全文了。苏轼又强调了四点:1.想做大事就不能求自全;2.晁错就应挺身而出征伐七国叛军;3.晁错的做法让皇帝不高兴;4.晁错的做法给了奸臣可乘之机。最后重申中心论点:晁错想"自全",结果成了"自祸"。

还用说什么呢?本书所阅读的各篇议论文,苏轼《晁错论》的结构是最复杂的,也是"定体则无"的典型代表。但大体绝对是有的:话题—论点——一般至少三个分论点的论证—总结而收束全文。即使只看苏轼的四篇史论短文,这个规律对于文笔极为活泼的他,也一样遵守;但他又根据评述对象的各自特点,以及自己所要表达的理念,选择适当的"变",或是突出情感,或是突出理性,文章也显得多姿多彩。

所以,不把经典文章读透,是体会不到大家名家作文之风采的。

思考提示

一、为了解历史和人物的复杂性，我们再介绍一些相关的情况。

1. 晁错不擅于处理人际关系。政治家处理人际关系不是搞小圈子、结党营私，而是要善于团结他人，协调步伐，求同存异，形成合力以实现共同的目标。《史记·晁错列传》已经有言"袁盎诸大功臣多不好错"，当时晁错在太子府里只是舍人、门大夫、家令，地位很低，因为好发议论，弄得大家都很烦他。后来景帝继位重用晁错，他更有点忘乎所以，趾高气扬起来，仗着景帝信任他，视他为"智囊"，便不停地提意见，不停地提建议，今天要改革这个，明天要改革那个。晁错为内史（相当于首都的市长）时，曾为任性地破墙开一个门，与丞相申屠嘉发生冲突，弄得申屠嘉吐血而亡。申屠嘉是个清官，又是跟随刘邦的功臣，与申屠嘉作对，便使晁错得罪了一大批正人君子。包括后来直接导致晁错被腰斩的袁盎，也是一个正派人物，晁错也找了一点小借口想杀他，弄得袁盎也与他势不两立了。

《史记》评价晁错用了四个字：峭、直、刻、深，用现代语言来说，就是严厉、刚直、苛刻、心狠。晁错如果从事法律工作，这四个字没有问题，但如果管理国家大事，就会树敌过多，即使动机正确，也很难得到支持。《史记》记载他和袁盎平素关系就十分紧张："盎素不好晁错，晁错所居坐，盎去；盎坐，错亦去。两人未尝同堂语。"

2. 晁错缺乏政治执行能力。这正是苏轼在《晁错论》中指出的要害："吾发之，吾能收之，然后有辞于天下。"他针对当时的局面，提出削藩，这是很正确的意见，一位参与平叛的将领邓公都说："夫晁错患诸侯彊大不可制，故请削地以尊京师，万世之利也。"但如此大的举动，必然会牵涉到各方的利益，不图谋周全，政治家岂可随意轻举妄动？晁错看这个问题很深刻，很准确，但就是没有想到自己提出这个建议后，不仅遭到朝廷大臣近乎一致的反对，连其父都为此服毒自尽，而自己毫无推迟削藩步骤的计划与对策安排。更糟糕的是，吴楚叛军起兵，景帝向他问计，他用什么言辞宣告天下呢？竟是

"皇帝您御驾亲征吧,我镇守京师",在"至危"与"至安"两者的选择中,把前者推给皇帝,把后者留给自己,结果必然是苏轼所说:"此忠臣义士所以愤怨而不平者也。"《汉书》里评价晁错是"锐于为国远虑,而不见身害",是不准确的,晁错做事是不为自己远虑,但为国家是否处处都远虑了? 值得商榷。因为从事政治,不仅要考虑一件大事该不该做,更要考虑它该如何做,它该何时做,用什么名义做,做了该怎样结束等一系列问题,一言以蔽之就是"事至不惧而徐为之图"也。

二、关于二难推理。

二难推理(dilemma),是由假言判断和选言判断组合构成的推理形式,这种推理常常表现出左右为难的困境,所以称作二难推理。二难推理常常是对方处于动弹不得的困境,所以极富说服力。

它的公式可以简单写为:

或是 A,或是 B。

如果 A,那么 C;

如果 B,那么 C。

选择 A,结果 C;

选择 B,结果也是 C。

所以,不管选择 A 或是 B,结果都是 C。

本篇一开头便是二难推理,但要把它转换成标准格式,为:

(表面治平无事,实有不测之忧,是最难的)

或是"坐观其变,不为之所";或是"起而强为之"。

如果选择"坐观其变,不为之所";那么"恐至于不可救";

如果选择"起而强为之",那么"天下狃于治平之安,而不吾信":

所以,选择"不做"没有好结果,选择"做"也没有好结果,总之,在这种情况下,做或不做都没有好结果——"天下之患,最不可为"。

但苏轼使用二难推理,并没有一锤定音,去指责晁错自己找死;而是引发出新的判断:作为一个政治家("仁人君子豪杰之士")虽然常常遇到困境,但是他拥有超出常人的政治智慧("吾发之,吾能收之,然后有辞于天下"),

便能巧妙地化解难题,并使国家转危为安。至此,本篇的主题便呼之而出:晁错缺乏这样的政治智慧("事至而循循焉欲去之,使他人任其责。则天下之祸,必集于我"),国家大事当然对他就难得很,以致他非死不可了。

三、后人对晁错的一些评价。

1.司马迁《史记·袁盎晁错列传》

错为人,峭直刻深。

晁错为家令时,数言事不用;后擅权,多所变更。诸侯发难,不急匡救,欲报私仇,反以忘躯。语曰:"变古乱常,不死则亡",岂错等谓邪?

2.班固《汉书·爰盎晁错传》

晁错锐于为国远虑,而不见身害。其父睹之,经于沟渎,亡益救败,不如赵母指括,以全其宗。悲夫!错虽不终,世哀其忠。故论其施行之语着于篇。

3.李贽《藏书·晁错》

错但可谓之不善谋身,不可谓之不善谋国也。

4.清·梅曾亮《晁错论》

晁错以术数授景帝,景帝悦之,用其计削七国。七国反,景帝乃诛错。君子曰:术不可不慎哉。以盗之术授人而保其不我盗,且曰是必不疑我为盗,虽至愚者不出此。错之智曾是不愚人若也,哀哉。

5.易中天

晁错志向高远,忠心为国,然而太过自负,以自己之忠心而轻他人之议。因为确信自己所做的事情之正确高明而有远见,也确实如此,就没有很好地去规划和部署同僚的关系,甚至以拥护自己与否为判断别人是否忠心国家的标准。如此一来难免使自己成为众矢之的,最终成为政治牺牲品,嗟乎!

四、晁错《削藩策》

昔高帝初定天下,昆弟少,诸子弱,大封同姓,齐七十余城,楚四十余城,吴五十余城;封三庶孽,分天下半。今吴王前有太子之诈称病不朝,于古法当诛。文帝弗忍,因赐几杖,德至厚,当改过自新,反益骄溢,即山铸钱,煮海水为盐,诱天下亡人谋作乱。今削之亦反,不削亦反。削之,其反亟,祸小;不削,反迟,祸大。

附:议论思路

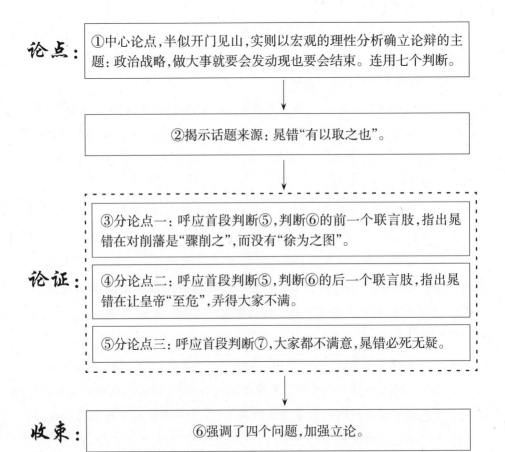

论点: ①中心论点,半似开门见山,实则以宏观的理性分析确立论辩的主题:政治战略,做大事就要会发动现也要会结束。连用七个判断。

②揭示话题来源:晁错"有以取之也"。

论证: ③分论点一:呼应首段判断⑤,判断⑥的前一个联言肢,指出晁错在对削藩是"骤削之",而没有"徐为之图"。

④分论点二:呼应首段判断⑤,判断⑥的后一个联言肢,指出晁错在让皇帝"至危",弄得大家不满。

⑤分论点三:呼应首段判断⑦,大家都不满意,晁错必死无疑。

收束: ⑥强调了四个问题,加强立论。

我为何写《读懂名篇》

写《读懂名篇》蓄意已久，但一直没有动笔。2015年夏季我从呼和浩特市回来才开了个头，虽然每月外出的事情总是比较多，但心里开始惦着此事，有点空就关在书房里写两天，靠这种坚持，第一册终于写完成了，十万多字。我不想太厚，倒不是怕厚了书重拿不动，而是希望读者拿到这本书可以当做一本随身携带的小册子，时时想着翻一翻，因为这本书不可浏览，必须要像我深读名篇那样篇篇都要细细咀嚼一下。这一本是专谈议论文的，接下来再把散文的名篇、小说的名篇，甚或诗词曲赋的都要集成书，但还要有篇文章交代一下为什么要写这本书，就有了本文，并计划放在书末，权充一篇"代后记"吧。

到大学之前，曾在中学教过近十年的语文。本来语文是一门很有趣味的功课，但我自己后来都有些越教越烦的感觉：从写作背景到作家介绍，从生字生词到范读齐读，从段意归纳到主题总结，最后是艺术特色加作业练习，千篇一律的课堂，一律千篇的程式，日复一日，年复一年，我曾戏称这样的语文课上起来就是"爬课文"。"爬"完一个学期，新学期继续"爬"。语文课占的教时数可以说最多，但小学加中学12年过来，仍然是不会造句不会写文章，错别字成串，病句成篇。最让人唏嘘的，是拿来一篇课文问学生"学过没有"，回答是"学过"，再问里面讲了些什么，对不起，"忘记了"。当然，语文学得好，文章写得好的孩子是有的，但不是普遍都有。前些年学校里流传一个段子，说现在的学生有三怕：一怕文言文，二怕周树人，三怕写作文。学习语文就这么三件事，全被师生怕了，这语文的学习成果与效果也就可想而知了。看来诟病语文教学的人不止我一个，真是如此，问题就严重了，一个民族若大部分人都不会读（文言文、白话文），也都不会写，这个民族哪里还有什么先进性,哪里还能在世界民族之林中挺立参天?

的确,语文是一辈子也学不完的,我到了今天能提笔写诗写赋了,仍然深感语文的学习停不下来。其他方面的学习,似乎和职业、养家、过小康生活有更为直接的关系,关系不大的可以不学或缓一缓学习,但语文可是人生的一个基本功。在关于学习力的讨论中,我曾讲到香港中文大学余也鲁教授说的话,大意是现代社会不能仅仅是"衣、食、住、行"四个字了,还要加一个字:"传",传播已成为现代社会生活的重要内容。那么,语文就是传播的重要工具,所以学习力中,有个理解力,还有个表达力。理解力,是听和读,表达力,则是说和写。现代人可以不要求两者达到演说家与大文豪的水平,但读得懂、说得好与写得文辞精彩至少是最基本的要求吧。

那么,社会对语文的要求和我们学校中的语文教育所表现水平的差异之大,确实是个严重问题。不说大学,一个孩子从小学到高中毕业,12年的学程中,语文大概是占教学时数最多的课程,人力、精力、财力投入很大,产出却不理想,这里面的问题便需要认真反思了。

为什么怕文言文?

这里隐藏着两个理由,其实都是站不住的。第一个理由:文言文所表达的内容都过时太久太久了,跟现实生活已经没有太大关系;第二个理由,现代人说话都不用文言了,学文言文有什么用? 其实一句话就可以反驳这两个所谓的理由:历史是无法割断的,文化也是无法割断的。我们今天虽然用的是白话文,但你煽情的时候,也想吟诵几句优美的诗经楚辞吧? 你在辩论的时候,也要征引几句古人的至理名言吧? 再者,如果不是专门的古文化学者去读那些诘屈聱牙的奥义书,就一般而言,学文言文有那么难吗? 关键在于没有把握文言文中的语言规律。我自己归纳过,文言文的核心语言规律就那么十来条,也像数理化那样都是公式,记住公式遇到就用罢了,有什么可难呢?

为什么怕周树人?

这里隐藏的理由和怕文言文相似,也是说鲁迅的时代离我们挺远了,我们还需要使用"鲁迅笔法"来说来写吗? 其实,鲁迅的文章,尤其是杂文,学生难懂的是他的欧式语言风格及修辞手段,这是语言的问题。即便学生不喜欢这种风格,他也应该了解这种语言的特点,才能实现有效的沟通与交流——英语的学习遇到的就是这种风格,难道能说无关吗?其次,这个问题暗含的是鲁迅所代表的白话文怎么讲怎么读?生字生词,可以翻查字典词典;作家背景,可以上网搜狗、百度。老师还有什么事情可做?似乎没有了,白话文的课堂成了自修课,最多是老师和学生按照教参书,归纳段意总结主题,再谈谈艺术特色了,于是,现代的白话文章,就成了朗读课、表演课、学生的自由发言课、老师的信马由缰课。讲授者是白开水一缸,学习者是稀浆糊一盆,有价值的内容常常是太少太少。

为什么怕写作文?

为什么怕?一句话就是文言文没有好好学,白话文也没有好好学,它们的好规律没有记在心,它们的好经验没有拿到手,要写文章了,心空手空,如何写得出啊?

一篇完整且优美的文章,有五个要素。前四个要素让文章成形并丰满,分别是主题、材料、语言、结构。第五个要素让文章生动并美丽,即表现手法,具体而言就是叙述、描写、议论、抒情。此外,还要有个前提,即文体——你要写的东西属于何种文体,你写的东西文体不对,读的人就不知你写的文章要用来干什么,文体不对,写文章的人就成了被讽刺过的对牛弹琴的那个人。

这些要素里面,简要地说:主题的主课堂应在政治课、马列课以及对生活现象的认知中解决,语文课所解决的是主题的辩证。材料的获得主要来自生活以及大量的阅读,语文课是帮助学生学会如何理解这些材料。语言能力的获得应是生活中的习得以及由阅读而来的语感培养,语文课可以讲授语言的各种使用技巧和特色规律。余下的三个要素,则是语文课的主体任务,大家可以调查一下,有多少语文老师在课堂上能抓住这三个要素将课文讲透并对学生进行训练?学生的语言能力中缺少这三个要素,写作当然会遇到严重的障碍。

我们的语文教学,的的确确需要重新审视。我们的语文教学体系,是时候要认真、科学地筹划和建设了。

近日,我的研究得出一个结论:语文教育在众多学科的学习中,有一个特别的功能,即它属于"三思教育"。第一思,要教给学生"思想的果实"——通过学习获得核心价值观、做人的基本准则和素养;第二思,要教给学生"思想的花朵"——学习作者怎样把自己的思想化成一篇篇佳作而流芳千古,给学生以审美的习惯和创造美的追求;第三思,即"思想的根茎"——丰硕的"果实"和缤纷的"花朵",是作者通过观察生活、汲取养分、提炼加工的"思想根茎"而孕育出来的。"三思教育"只有语文能承担,这是语文教育的责任,也是语文教育的荣幸。

但是,我们过去的语文教育,只有"果实"与"花朵",忘记了"根茎"这个根本。

我曾经做过一个笨拙的计算。每个学期都有一本语文教材,大约是30篇课文,只计其中的15篇作为教师指导下的精读作品吧,高中三年应该精读总计90篇课文。请注意,被收入语文教材的文章,都是经教育部审定过的,是语文专家花费了多少次讨论研究精力的,更有经过几十年的教学验证堪为优秀范文的,如此如此,那它们毫无疑义都是相当优秀的文章。我以为,这些篇优秀范文,我们的语文老师能讲透它的一条优点,并通过指导和训练让学生能够运用到自己的文章里去,高中三年下来,他的脑海里就应该积攒下90条写文章的高妙办法。当他在高考的语文考场上,当他在大学里撰写论文时,当他走上社会需要用笔阐述自己的感受或观点时,随便从自己的语文库存中拿出几条精心收藏的高妙办法出来,他的文章能没有亮点吗?举个例子,我为河北张家口市张北县撰写《张北赋》时,使用的就是汉代大赋的典范——枚乘《七发》的问难式文体和七层递进结构,枚乘的《七发》就是我著《张北赋》的模板——当然我的水平比枚乘差了很多,但如此写来,它就必然是大赋,就必然有了赋的味道,但主题是赞美改革开放的,材料是取于当今张北的,语言是力求对仗押韵的,表现手法是铺排而抒情的,这些是我自己的东西,而文体必然照搬大赋,结构也必然因袭《七发》。

写《读懂名篇》的想法就是这么来的。我的计划是,一本书立定一种文体,从中学、大学教材里以及包括《古文观止》在内的各种选本里择出 20 篇,按照我这里讲的想法对文章进行深入的解读,不求全面,只突出可学可用的一条(也许两条)优点,帮助读者理解,然后在自己的文章中尝试使用。现在率先写的是文言文中的议论文体,下一本是现代白话文的散文文体,第三本则是现代白话文的小说文体。每册一般 10 万字左右,以后再视读者反响与要求深读文学剧本、诗词曲赋、新闻通讯、幽默讽刺、应用文体等等。读者对象呢? 首先就是语文老师们,这本书对他们的备课有帮助;其次是各位为培养栋梁才灌注了无数心血的家长们,家长可以用这本书先武装自己,然后有的放矢地帮助孩子学习阅读,练习写作;第三种读者是我们青春可爱的大学生们,该探索的探索,该补课的补课,总之要加强自己的沟通能力,成为现代传播的佼佼者。

第一批的三本书,其中部分文章在不同场合下做过讲演,收到了很好的效果,我的自信心也因此大为增强。而 2015 年 5 月,在内蒙古出版集团一次以编辑为主体的学习会上我做了专题讲演,得到了各方面的肯定而使我很受鼓舞,回京后则下定了动笔的决心。第一册写出一半,北师大出版社的刘松弢先生也给了我很大的支持。在此都先预表感谢,并想借助搜狐·教育频道的自媒体,拿出一些片断以及下一步想做的视频,与更广大的读者进行交流,诚恳地听取大家的意见,是记。

2015 年 10 月 16 日于北师大

2017 年 3 月 23 日改定